EDGAR WALLACE

Lotterie des Todes

Es ist unmöglich,
von Edgar Wallace nicht gefesselt zu sein!

Von EDGAR WALLACE

sind zur Zeit lieferbar:

Die Abenteuerin. 164
A. S. der Unsichtbare. 126
Die Bande des Schreckens. 11
Der Banknotenfälscher. 67
Bei den drei Eichen. 100
Die blaue Hand. 6
Der Brigant. 111
Der Derbysieger. 242
Der Diamantenfluß. 16
Der Dieb in der Nacht. 1060
Der Doppelgänger. 95
Die drei Gerechten. 1170
Die drei von Cordova. 160
Der Engel des Schreckens. 136
Feuer im Schloß. 1063
Der Frosch mit der Maske. 1
Gangster in London. 178
Das Gasthaus an der Themse. 88
Die gebogene Kerze. 169
Geheimagent Nr. 6. 236
Geheimnis der gelben Narzissen. 37
Das Geheimnis der Stecknadel. 173
Das geheimnisvolle Haus. 113
Die gelbe Schlange. 33
Ein gerissener Kerl. 28
Das Gesetz der Vier. 230
Das Gesicht im Dunkel. 139
Der goldene Hades. 226
Die Gräfin von Ascot. 1071
Großfuß. 65
Der grüne Bogenschütze. 150
Der grüne Brand. 1020
Gucumatz. 248
Hands up! 13
Der Hexer. 30
Im Banne des Unheimlichen. 117
In den Tod geschickt. 252
Das indische Tuch. 189
John Flack. 51
Der Joker. 159
Das Juwel aus Paris. 2128
Kerry kauft London. 215
Der leuchtende Schlüssel. 91
Lotterie des Todes. 1098
Louba der Spieler. 163
Der Mann, der alles wußte. 86
Der Mann, d. seinen Namen änderte. 1194
Der Mann im Hintergrund. 1155
Der Mann von Marokko. 124
Die Melodie des Todes. 207
Die Millionengeschichte. 194
Mr. Reeder weiß Bescheid. 1114
Nach Norden, Strolch! 221
Neues vom Hexer. 103
Penelope von der »Polyantha«. 211
Der Preller. 116
Der Rächer. 60
Der Redner. 183
Richter Maxells Verbrechen. 41
Der rote Kreis. 35
Der Safe mit dem Rätselschloß. 47
Die Schuld des Anderen. 1055
Der schwarze Abt. 69
Der sechste Sinn des Mr. Reeder. 77
Die seltsame Gräfin. 49
Der sentimentale Mr. Simpson. 1214
Das silberne Dreieck. 154
Das Steckenpferd des alten Derrick. 97
Der Teufel von Tidal Basin. 80
Töchter der Nacht. 1106
Die toten Augen von London. 181
Die Tür mit den sieben Schlössern. 21
Turfschwindel. 155
Überfallkommando. 75
Der Unheimliche. 55
Der unheimliche Mönch. 203
Die unheimlichen Briefe. 1139
Das Verrätertor. 45
Der viereckige Smaragd. 195
Die vier Gerechten. 39
Zimmer 13. 44
Der Zinker. 200

EDGAR WALLACE

Lotterie des Todes

THE GREEN PACK

Kriminalroman

WILHELM GOLDMANN VERLAG
MÜNCHEN

5. Auflage
Ungekürzte Ausgabe · Made in Germany
Aus dem Englischen übertragen von Tony Westermayr. Umschlag: Karin Dor in einer Szene aus dem Edgar-Wallace-Film ›Zimmer 13‹, Foto: Rialto/Constantin. Gesetzt aus der Linotype-Garamond-Antiqua. Druck: Presse-Druck Augsburg. KRIMI 1098 · Wk/pit
ISBN 3–442–01098–5

I

London, Stadtteil Kensington. Eine Villa mit dem Namen Mount Lodge. Ein großes, hohes Zimmer, schwere Vorhänge an den Fenstern, dicke Teppiche. Der Raum liegt im Dunkeln, nur der Tisch wird von einer tiefhängenden Lampe in helles Licht getaucht. Zigarettenrauch lagert in dichten Schwaden darüber. Im Halbdunkel die schattenhaften Umrisse von Männern und Frauen, die am Tisch sitzen – Frackschleifen, weiße Schultern. Auf dem grünen Filz der Tischplatte Aschenbecher, halbgeleerte Gläser, ein winziges Damentaschentuch, Spielkarten, kleine Häufchen verschiedenfarbiger Spielmarken, ein Frauenarm, die unruhigen Finger einer Männerhand.

Als Monty Carr eine Karte abhob und sie mit dem Bild nach oben vor Jacqueline Thurston auf den Tisch legte, warf ihm Louis Creet einen schnellen Blick zu.

Jacqueline beherrschte sich nur mit Mühe. Karo-As. Das Blut schoß ihr in die Wangen, ihre Augen glänzten vor Aufregung. Pik-As und Kreuz-As waren bereits an andere Spieler ausgeteilt worden. Es gab also im ganzen Spiel nur noch eine Karte, mit der sie übertrumpft werden konnte – Herz-As. Jacqueline hätte nicht präzise angeben können, wie minimal die Aussichten Montys waren, gerade diese Karte zu ziehen, aber sie wußte, daß man nach den Gesetzen der Wahrscheinlichkeitsrechnung diese Möglichkeit praktisch nicht in Betracht zu ziehen brauchte.

»Karo-As, Jacqueline«, sagte Monty und sah sie an.

Es war plötzlich sehr still geworden. Jacqueline spürte, wie alle Blicke auf ihr ruhten. Sie überlegte fieberhaft. Eine solche Chance bot sich vielleicht nur einmal im Leben, und wenn sie, wie üblich, nur ein Pfund als Einsatz bot . . . Lächerlich. Die anderen hatten auf ihre Asse bis zu dreihundert Pfund gesetzt, bei größerem

Risiko. Und was nützte ein Gewinn von einem Pfund? Damit ließen sich ihre Probleme nicht lösen. Wenn sie diese Chance nicht ergriff, verdiente sie keine Hilfe. Wenn sie nur den Mut hätte ... mit einem Schlag alles zu bereinigen ...

»Es gibt kein Limit heute, Jacqueline«, erklärte Monty. »Sie können die Höhe Ihres Einsatzes selbst bestimmen.«

Sie sah auf und nickte. »Danke, Monty«, sagte sie mit einer Stimme, die ihr fremd vorkam. »Ich – setze – tausend Pfund.«

Monty Carr nickte gleichmütig. Nur seine Mundwinkel hoben sich ein wenig. Aber Jacqueline sah es nicht. Ihre ganze Aufmerksamkeit richtete sich auf seine schmalen Finger, die zuerst eine brennende Zigarette am Rand des Aschenbechers ablegten und sich dann dem Kartenpäckchen näherten.

Jacqueline zwang sich dazu, äußerlich ruhig zu erscheinen. Sie hatte andere Spieler weit mehr als tausend Pfund gewinnen und verlieren sehen, ohne daß mit der Wimper gezuckt wurde. Sie durfte sich nichts anmerken lassen. Louis Creet, der sie genau beobachtete, sah jedoch, daß ihre Fingerknöchel schneeweiß waren.

Mit geübtem Griff nahm Monty die oberste Karte vom Spiel, und als sie mit dem Bild nach oben auf den Tisch fiel, schien Jacquelines Herzschlag einige entsetzliche Sekunden lang auszusetzen – dann dröhnte ihr das Blut in den Ohren, in den Schläfen, verdunkelte ihren Blick, und sie konnte die Karte auf dem Tisch nur noch verschwommen erkennen. Monty Carr hatte das Herz-As abgehoben.

Jacqueline wagte nicht, sich zu rühren; sie spürte, daß alle sie beobachteten. Wenn sie jetzt die Augen hob und Monty Carr ansah, mußte sie etwas sagen, irgend etwas.

»Pech, Jacqueline«, stellte Carr fest.

Sie nahm sich zusammen und sah ihn an. Er mischte gelassen die Karten. Jacqueline zwang sich zu einem Lächeln.

»Anfängerglück hält eben nicht ewig«, meinte sie leichthin. »Ich bin Ihnen also tausend schuldig, Monty. Ich darf Ihnen doch einen Scheck übersenden, nicht wahr?«

Monty Carr hob fast unmerklich eine Braue, aber er nickte und begann, die Karten wieder auszuteilen. Jacqueline schob ihren Stuhl zurück und erhob sich.

»Für mich nicht, Monty«, sagte sie. »Ich bin müde. Louis bringt mich nach Hause.«

Louis Creet stand auf und begleitete sie hinaus. Wenige Minuten später saßen sie in seinem Wagen und fuhren die Kensington High Street entlang. Jacqueline starrte schweigend auf die Straße und trommelte nervös mit den Fingern gegen das Armaturenbrett. Louis brach schließlich das Schweigen. »Ich muß Ihnen gratulieren, Jacqueline«, sagte er. »Das war großartig. Sie haben es mit der Lässigkeit eines Spielers hingenommen. Es gehört bestimmt allerhand dazu, bei einem Verlust von tausend Pfund zu lächeln.«

Jacqueline sah ihn von der Seite an. »Bei fünf Pfund hätte ich wahrscheinlich nicht gelacht, Louis, aber tausend –« Sie zuckte die Achseln. »Ich kann nicht zahlen, wozu sollte ich mich also aufregen?«

Louis hob die Brauen. »Nicht zahlen?«

»Natürlich nicht. Monty wird es auch gar nicht erwarten. Er wußte, daß dieses Spiel nicht ernst gemeint war. Er faßte es als Spaß auf.«

Creet verzog den Mund. »Ich an Ihrer Stelle würde mich nicht so sehr darauf verlassen, daß Monty Sinn für Humor hat«, sagte er.

»Sie glauben doch nicht, daß Monty wirklich erwartet –«

»Ich fürchte, daß Sie sich über die Situation nicht im klaren sind, meine Liebe«, unterbrach sie Louis. »Mit echt weiblicher Inkonsequenz scheinen Sie der Meinung zu sein, daß man eine Ehrenschuld als Witz abtun kann, wenn man in Zahlungsschwierigkeiten steckt. Aber die Besucher der Villa Mount Lodge verstehen solche Späße nicht. Wenn sie verlieren, zahlen sie. Umgekehrt erwarten sie aber, daß ihnen ein Gewinn ausbezahlt wird. Monty Carr rechnet sicher damit, daß er sein Geld bekommt –«

»Tausend Pfund?« Sie lachte. »Monty weiß genausogut wie Sie, daß ich nicht einmal einen Scheck über zehn Pfund ausstellen könnte.«

Louis schüttelte den Kopf. »Sie waren im Haus Mount Lodge als mein Gast, und Monty ist der Anschauung, daß Sie Ihren Verpflichtungen nachzukommen haben. Ich finde keinen Geschmack an der Vorstellung, daß einer meiner Gäste zwar seine Gewinne kassiert, seine Schulden aber nicht bezahlen will –«

»Sie sind gemein, Louis.«

»Nur ehrlich, meine Liebe. Angenommen, Sie würden Monty tausend Pfund abgewonnen haben, dann hätten Sie doch sicher mit der Auszahlung dieses Betrags gerechnet, nicht wahr?«

»Wahrscheinlich«, gab sie achselzuckend zu. Sie sah ihren Begleiter plötzlich an und legte ihm die Hand auf den Arm. »Louis«, sagte sie, »ich hab' mich wirklich sehr albern benommen.«

Er lächelte. »Das ist ein ganz natürliches Gefühl, wenn man tausend Pfund verloren hat, Jacqueline.«

»Das meine ich damit gar nicht«, unterbrach sie ihn. »In der letzten Zeit hab' ich so ziemlich überall danebengegriffen, und ich bin alles andere als zufrieden mit mir. Im letzten halben Jahr hab' ich praktisch nichts getan, was sich wirklich gelohnt hätte. Ich bin jeder Sensation nachgelaufen, habe mich mit nichtsnutzigen, wertlosen Menschen abgegeben – aber irgendwie schien alles so sinnlos, seit –« Sie schwieg einen Augenblick und zuckte die Achseln. »Ich stecke bis zum Hals in Schulden, und ich habe Angst. Es kostet Geld, von einem Vergnügen zum andern zu laufen, ich habe mir Beträge ausgeliehen und auf Kredit gekauft, aber so geht es nicht mehr weiter. Im übrigen brauchen Sie nicht zu befürchten, daß ich mich an Ihrer Schulter ausweinen werde. Geben Sie mir eine Zigarette und sprechen Sie von angenehmeren Dingen.«

Creet gab ihr sein Zigarettenetui. »Und wenn das Glück heute abend auf Ihrer Seite gewesen wäre«, sagte er, »hätten die tausend Pfund alles bereinigt. Das dachten Sie doch?«

Sie nickte. »Irgend etwas mußte geschehen, ich bin fast dreihundert Pfund schuldig, und meine Spekulationsversuche auf der Börse haben alles nur noch schlimmer gemacht. Als mir Monty das As auf den Tisch legte, glaubte ich, einen Hoffnungsschimmer zu erkennen. Die Wahrscheinlichkeit, daß Monty das vierte As ziehen würde, war doch minimal.«

»Weil es nun aber doch passiert ist, wollen Sie das Ganze als Scherz abtun und nicht zahlen? Unmöglich, Jacqueline«, stellte er entschieden fest. »Sie müssen wenigstens den Versuch machen, diese Schuld zu begleichen. Das sind Sie mir schuldig. Vielleicht wäre es doch am besten und einfachsten, die ganze Geschichte Doktor Thurston zu beichten. Ihr Vater würde als erster zugeben, daß eine solche Schuld –«

»Vater darf nichts davon erfahren«, unterbrach sie ihn scharf. »Ich habe mir die Suppe eingebrockt, ich muß sie auch auslöffeln.«

»Ich gebe zu, daß das nicht sehr angenehm ist«, sagte Creet. »Aber wenn Ihnen der Mut dazu fehlt, bin ich ohne weiteres bereit, Ihrem Vater alles auseinanderzusetzen. Wenn Sie ihn nicht unterrichten wollen, aber auch keine vernünftige Alternative anbieten können, halte ich es für meine Pflicht –«

»Vater darf es nicht wissen«, brauste Jacqueline plötzlich auf. »Er hat keine Ahnung davon, was ich in letzter Zeit alles angestellt habe, und er soll es auch nicht erfahren. Das ist nicht Feigheit. Es würde ihm sehr weh tun, und das hat er nicht verdient. Außerdem glauben Sie doch wohl nicht, daß er Monty tausend Pfund geben kann?«

»In einer solchen Situation würde ein Mann alles tun, um seiner Tochter zu helfen. Ich bin über die finanzielle Lage Ihres Vaters nicht unterrichtet, aber ich kann mir nicht vorstellen, daß ihn die Zahlung von tausend Pfund an den Bettelstab bringen würde.«

Sie schüttelte den Kopf. »Sie können meinen Vater ruhig aus dem Spiel lassen, Louis«, erwiderte sie. »Er hat die tausend Pfund einfach nicht. Es geht ihm nicht besonders. Erst gestern sagte er, daß er als praktischer Arzt mehr verdient habe als in seiner Privatpraxis, trotz der Bezeichnung ›Facharzt‹. Es ist mir gleichgültig, was Monty von mir hält, aber ich denke nicht daran, meine Eltern zu belasten.«

»Das ist ja alles sehr schön, Jacqueline«, sagte Louis, »aber unglücklicherweise hilft es Ihnen nicht weiter. Wenn Sie das Geld nicht auf irgendeine andere Weise auftreiben, muß ich, so leid es mir tut –«

»Das würde ich Ihnen nie verzeihen.« Sie sah ihn bittend an. »Louis, versprechen Sie es mir – bitte! Und wenn Monty wirklich darauf besteht, werde ich das Geld schon irgendwie beschaffen. Lassen wir's dabei, Louis, bitte.«

»Also schön, meine Liebe«, sagte er. »Lassen wir's dabei, wenn es Ihnen so wichtig ist.«

»Vielen Dank, Louis. Ich werde mit Monty schon irgendwie einig.« Sie lächelte schwach. »Und wenn ich ihn wirklich nicht bezahlen kann, brauchen Sie sich auch keine Sorgen zu machen. Ich werde ihm bestätigen, daß Louis Creet ein ehrenwerter Mann ist.«

Als der Wagen vor einem großen Apartmenthaus hielt, sah sie aus dem Fenster und starrte dann Louis an. »Ich dachte, Sie wollten mich nach Hause fahren.«

Er lächelte, als er die Tür öffnete und ausstieg. »Stimson wird Ihnen einen seiner berühmten Cocktails mixen«, erklärte er lachend, »und Sie können meine Junggesellenwohnung besichtigen, wie Sie es oft genug versprochen haben. Und dann bring' ich Sie nach Hause.«

Als er ihr Zögern bemerkte, meinte er ironisch: »Bedenken, wegen der Anstandsregeln?«

»Nun ja, es ist reichlich spät –«

»Louis Creet ist ein ehrenwerter Mann«, sagte er lachend. Sie stieg aus und folgte ihm zum Lift.

2

Während der beiden Jahre, in denen sich Louis Creet vom wohlhabenden Patienten ihres Vaters zum engen Freund der Familie entwickelt hatte, war Jacqueline Thurston mit ihm nahezu überall gewesen, nie jedoch in seiner Wohnung. Als Stimson ihr den Mantel abgenommen hatte, sah sie sich neugierig in dem Zimmer um, in das Louis sie führte.

»Sie entschuldigen mich einen Augenblick, Jacqueline«, sagte er, »ich muß telefonieren. Stimson wird Ihnen einen Drink mixen.«

Sie nickte, setzte sich auf das Sofa vor dem Kamin und fuhr, nachdem der Diener den Cocktail gebracht hatte, mit der Betrachtung des Zimmers fort. Sie hatte sich eine Theorie zurechtgelegt, wonach ein Wohnraum stets den wahren Charakter des Besitzers enthüllte. Es fiel ihr jedoch schwer, Louis und seine Wohnung miteinander in Einklang zu bringen.

Der Raum war groß und hoch; an zwei Seiten befanden sich Fenster. Die Ecken waren abgerundet, und die Wände wölbten sich elegant zur Decke. Die Fensterläden hatte man heruntergelassen; Vorhänge gab es nicht. Auf dem hochglanzpolierten Parkettboden lag kein Teppich, die Mahagonimöbel entbehrten jeder Ornamentik. Das Zimmer schien einem Asketen zu gehören, aber gerade diese Beschreibung paßte nicht auf Louis Creet.

Louis kam herein und blieb an der Tür stehen. »Das Rätsel ist gelöst«, sagte er lachend. »Ich habe immer gespürt, daß diesem Raum irgend etwas fehlte. Jetzt weiß ich es. Eine schöne Frau.«

Jacqueline schüttelte den Kopf. »Für mein Gefühl fehlen Vorhänge, ein paar Kissen und Teppiche«, erwiderte sie. »Es sieht ja aus wie – nun, wie ein Krankenzimmer.«

Er kam näher und setzte sich neben sie. »Ein Krankenzimmer hat den Vorteil, daß es hygienisch ist, meine Liebe«, erklärte er. »Ecken, Teppiche und Vorhänge sind Staubfänger, und im Staub leben Bakterien. Man kann nicht vorsichtig genug sein.«

Jacqueline lächelte. Es war allgemein bekannt, daß nach Louis

Creets Überzeugung unzählige Millionen gefährlicher Bakterien es nur darauf abgesehen hatten, sich bei jeder einigermaßen günstigen Gelegenheit auf ihn zu stürzen. Eine seiner großen Schreibtischschubladen enthielt eine Unzahl von Medikamenten. Jacqueline wußte, daß Louis regelmäßig Pillen schluckte, die er in einer kleinen, silbernen Dose bei sich trug. Wöchentlich einmal ließ er sich bei ihrem Vater zu einer genauen Untersuchung anmelden, um ebenso regelmäßig anzurufen und mitzuteilen, daß er sich wohl fühle und es für besser halte, die Untersuchung zu verschieben. Ihr Vater bezeichnete Louis oft als ›Hypochonder‹, aber sie war keinesfalls auf ein Zimmer mit abgerundeten Ecken und vorhanglosen Fenstern gefaßt gewesen.

»Ich habe am Telefon eben mit Monty Carr gesprochen«, sagte Louis. »Leider wird Ihnen nichts anderes übrigbleiben, als zu zahlen. Monty hat den Einsatz durchaus ernst genommen und erwartet morgen früh Ihren Scheck. Ich fürchte, daß er sehr unangenehm werden kann, wenn Sie die Geschichte nicht irgendwie bereinigen. Vermutlich hält er sich dann an Ihren Vater –«

»Aber das dürfen Sie nicht zulassen, Louis –«

»Ich werde ihn wohl kaum daran hindern können, meine Liebe. Wollen wir hoffen, daß es erst gar nicht soweit kommt. Vielleicht finden wir gemeinsam eine Lösung. Unter Umständen kann ich Ihnen behilflich sein.«

Sie sah ihn scharf an. »Sie?«

Er lächelte. »Ich nehme an, daß Sie das Gerede über mich gehört haben, Jacqueline. Ich weiß schon Bescheid. Man behauptet, es sei einfacher, einem Hai die Beute zu entreißen, als Louis Creet fünf Pfund aus der Tasche zu ziehen. Aber ich glaube, daß ich mir bei Ihnen eine andere Beurteilung verdient habe.«

»Allerdings«, gab Jacqueline sofort zu. »Sie sind in den vergangenen anderthalb Jahren sehr großzügig gewesen – Ausflüge, Theater, Geschenke –, und ich bin Ihnen wirklich dankbar. Aber tausend Pfund ... offengestanden kann ich mir nicht vorstellen, daß Sie einen solchen Betrag ohne Gegenleistung –«

Sie verstummte plötzlich und starrte in das Kaminfeuer. Jetzt wurde ihr klar, warum sie bisher instinktiv einer Einladung in Creets Wohnung ausgewichen war.

»Sie sind sehr schön, Jacqueline«, flüsterte Louis.

Sie hob den Kopf und sah ihn an. Er war ihr eigentlich immer als amüsanter Begleiter erschienen, als Freund der Familie, ja, beinahe wie ein Onkel. Über seinen Charakter hatte sie sich nie Gedanken gemacht. Nun sah sie ihn zum erstenmal mit kritischen Augen, diesen eleganten, aber nicht mehr so jungen Mann – er muß ja fast fünfzig sein, dachte sie entsetzt – mit den unsteten Augen, den schweren Lidern, den fleischigen Lippen.

»Sie sind eine schöne Frau«, wiederholte Louis und streichelte ihren nackten Arm.

Sie zuckte zurück. »Louis – bitte! Was soll denn das?«

Er lächelte, legte den Arm um ihre Schultern und zog sie an sich. »Die unschuldige, kleine Jackie!« murmelte er. »Ich versuche, ihr zu erklären, wie schön sie ist – und sie will mich nicht verstehen!«

Sie machte sich los und sprang auf. »Sind Sie denn plötzlich übergeschnappt, Louis? Was hat das zu bedeuten?«

Creet erhob sich. »Warum erklärt man wohl einer Frau, daß man sie schön findet? Sie sind alt genug und auch intelligent genug, um das zu wissen, meine Liebe.«

Sie starrte ihn verblüfft an, dann fragte sie: »Sie – sind in mich – verliebt, Louis?«

Er wandte sich ab, nahm eine kleine Porzellanfigur vom Tisch und betrachtete sie.

»Würde Sie das überraschen?« fragte er. »Vielleicht wissen Sie noch nicht einmal, wie leicht man sich in Sie verlieben kann. Wir wären sicher sehr glücklich miteinander, Jacqueline.«

»Soll das heißen, daß Sie mich heiraten wollen?«

»Nehmen wir es einmal an. Was halten Sie davon?«

Jacqueline schüttelte den Kopf. »Es tut mir leid, Louis, aber ich kann nicht.«

»Wegen –«

Sie zuckte die Achseln.

»Larry Deans?«

»Vielleicht – ja, Larry hat sicher etwas damit zu tun.« Ihre Augen wurden plötzlich hell, sie trat auf Louis zu und legte ihm die Hand auf den Arm. »Louis, sagen Sie mir offen, was Sie denken. Werden wir je wieder von Larry hören? Wann haben Sie zum letztenmal von ihm Nachricht bekommen?«

»Vor einem halben Jahr etwa.«

»Seitdem hat sich niemand mehr gemeldet?«

»Von wem sollte ich eine Mitteilung erhalten, außer von Larry selbst, oder von Storman und Elliott, seinen Begleitern? Aber keiner hat sich gerührt.«

Sie nickte. »Sie glauben nicht, daß wir noch einmal von ihnen hören werden?«

»Meine liebe Jacqueline«, sagte Louis, »Sie müssen einsehen, daß die Suche nach einer Goldmine in Afrika nicht ganz ohne Risiko ist. Larry und die anderen sind nicht die ersten, die ihr Leben aufs Spiel setzen, um mit einem Schlag reich zu werden. Ich fürchte, wir müssen uns mit der Tatsache abfinden, daß Larry nicht mehr zurückkehren wird.«

»Ich verstehe«, sagte Jacqueline nach einer langen Pause. »Danke, Louis. Ich wollte es mir nur nicht eingestehen.« Sie blickte einige Zeit ins Kaminfeuer, dann hob sie den Kopf. »Sie wußten, wie gefährlich das Ganze war, als Sie Larry fortschickten, nicht wahr?«

»Von ›fortschicken‹ kann man wohl nicht sprechen«, erwiderte Creet. »Sie wissen sehr genau, daß Larry bis zum Hals in Schulden steckte und daß er keine Lust zu ehrlicher Arbeit hatte –« Er verstummte, als er Jacquelines Augen aufblitzen sah. »Verzeihung, Jackie«, fuhr er fort, »Larry war mir sympathisch, aber man konnte doch nicht übersehen, daß seine Verschwendungssucht –«

»Ich kenne Larry schon sehr lange«, unterbrach sie ihn, »und er ist der anständigste, sauberste Mensch –«

»Na gut«, meinte Louis nachsichtig. »Aber Larrys Charakter

steht hier überhaupt nicht zur Debatte. Er kam zu mir und bat mich, die Expedition zu finanzieren. Er tat mir leid, und ich war dumm genug, mit dem Geld herauszurücken. Ein paar tausend Pfund habe ich garantiert verloren.«

Jacqueline machte eine ungeduldige Geste. »Und Larry, Tubby Storman und Mark Elliott wahrscheinlich das Leben. Bringen Sie mich nach Hause.«

Sie wandte sich zur Tür, aber Creet hielt sie zurück.

»Ich habe Ihnen eben eine Frage gestellt, Jacqueline, ohne eine Antwort zu bekommen.«

Sie sah ihn an. »Ob ich Sie heiraten will?«

Er zuckte die Achseln. »Vom Heiraten haben Sie gesprochen, nicht ich.« Er zündete sich eine Zigarette an.

»Unglücklicherweise«, fuhr er fort, »kann ich Sie nicht bitten, mich zu heiraten. Ich bin bereits verheiratet.«

»Louis!« Ihre Augen weiteten sich. »Ich hatte keine Ahnung –«

»Es ist auch nicht allgemein bekannt«, sagte Creet. »Ich bin auf meine Ehe nicht gerade stolz. Bitte, behalten Sie das alles für sich. Ich teile es Ihnen nur mit, weil ich fair zu Ihnen sein möchte.«

»Dann – dann wollen Sie mich also nicht bitten, Ihre Frau zu werden?«

Wieder zuckte er die Achseln. »Es gibt ja immerhin noch die Möglichkeit, sich scheiden zu lassen«, meinte er, »und es dürfte nicht allzu schwierig sein – etwas später. Aber ich hatte eigentlich den Eindruck, daß man bei euch modernen, jungen Leuten nicht mehr allzuviel Wert auf eine Ehe legt.«

Jacqueline ballte die Fäuste, es gelang ihr, sich zu beherrschen. »Das war ein großer Fehler«, erklärte sie ruhig. »Wie kommen Sie dazu, so von mir zu denken?«

»Sie sind zwar außergewöhnlich schön, Jacqueline, aber eben eine Frau. Die meisten sind heutzutage –«

»Louis – Sie sind gemein!«

Er lächelte. »Die entrüstete Unschuld ist nicht mehr gefragt, meine Liebe«, stellte er fest. »Wenn Larry das von Ihnen verlangt hätte, worum ich Sie bitte, hätten Sie ihn auch nicht für gemein gehalten –«

Sie riß sich los, schlug ihm ins Gesicht und hastete zur Tür. Aber Creet versperrte ihr den Weg.

»Nachdem wir jetzt nicht mehr zu schauspielern brauchen, Jacqueline, können wir uns vielleicht ernsthaft unterhalten.«

»Ich denke gar nicht daran«, fauchte sie und griff nach der Türklinke, aber Louis packte sie beim Handgelenk.

»Nur nicht so hastig, Jacqueline«, sagte er. »Sie können es sich gar nicht leisten, so überheblich zu sein, wenn Sie an meinen großzügigen Vorschlag denken. Tausend Pfund sind sehr viel Geld – selbst für eine schöne Frau.«

Sie starrte ihn ungläubig an. »Wollen Sie damit sagen – wenn –«

»Monty Carr wird Sie nicht mehr belästigen«, sagte Louis, »das kann ich Ihnen versprechen. Geben Sie Ihre altmodischen Ansichten auf. Ich weiß, daß ich kein Larry Deans bin, aber er steht eben nicht mehr zur Debatte, und Sie könnten einen schlechteren Ersatz finden als Louis Creet.«

Er ließ ihre Hand los und wartete.

»Sie wissen doch, wie meine Antwort lautet, nicht wahr?« sagte sie.

»Nein.«

»Wir haben einander nichts mehr zu sagen, Louis.«

Er packte sie bei den Schultern. »So? Sie glauben, daß man sich so leicht aus der Affäre ziehen kann? Ihr seid doch alle gleich. Ihr nehmt und nehmt, solange es geht, aber ihr weigert euch, etwas dafür zu geben. Ihr spielt mit, solange ihr gewinnt, aber ihr kneift, wenn ihr im Verlieren seid. Diesmal kommen Sie nicht so leicht davon, Jackie – bei mir nicht.«

Sie versuchte sich zu befreien, aber er hielt sie fest und zog sie an sich.

»Wenn Sie nicht zahlen wollen, muß man Sie eben dazu zwingen.« Er preßte sie an sich und küßte sie. Dann gab er sie plötzlich frei. Sie riß die Tür auf und sagte über die Schulter: »Wenn Larry hier wäre, würde er Sie umbringen!«

»Warum tun Sie es nicht selbst?« fragte Creet ironisch.

»Es wäre mir ein Vergnügen«, erwiderte sie und schlug die Tür hinter sich zu.

3

Der Schallplattenspieler in der Mitte des Zeltes holte das Letzte aus sich heraus. Die eineinhalb Jahre in den Sümpfen und Urwäldern Afrikas waren an ihm ebensowenig spurlos vorübergegangen wie an den drei Männern, die sich in das Zelt teilten.

Die Schallplatte auf dem Drehteller – der letzte Überrest von ursprünglich zwei Dutzend Platten, die vor achtzehn Monaten in Kapstadt gekauft worden waren – zeigte tiefe Kratzer und zwei Sprünge, aber das Lied war noch erkennbar:

›Wie soll ich (klick) leben ohne (klick) dich?
Warum (klick) gehst du (klick) – von mir (klick) –
von mir (klick) – von mir (klick) – von mir (klick)‹

Die verrostete Nadel rutschte plötzlich in die Mitte der Schallplatte und gab dort ein gleichmäßig kratzendes Geräusch von sich, aber keiner der drei Männer im Zelt kümmerte sich darum.

Bei Tubby Storman war diese Gleichgültigkeit neu. Er war dicklich und sentimental, und diese letzte Schallplatte hatte ihn durch halb Westafrika begleitet, gleichsam als kostbarster Besitz – abgesehen von der Fotografie in der abgenützten Brieftasche.

Aber jetzt starrte Tubby eine Kiste an. Sie besaß keinen Deckel und enthielt eine Schaufel voll Erdreich.

Larry Deans, der am Zelteingang saß und ein Gewehr säuberte, drehte sich um und sah amüsiert von Tubby zum Schallplattenspieler. »Schön, was, Tubby?« sagte er. »Aber du könntest das verdammte Ding abstellen.«

Tubby schien nichts zu hören, er starrte immer noch beseligt auf die Kiste. Larry grinste, stand auf, ging zum Schallplattenspieler, stellte ihn ab und nahm die Schallplatte herunter. Es knackte leise, und er hatte die zwei Hälften in der Hand.

Schmunzelnd zeigte Larry Tubby Storman die Bruchstücke.

»Getrennt – für immer, Tubby«, meinte er lachend.

»Gott sei Dank!« meldete sich Mark Elliott, der auf einem Feldbett vor sich hindöste. »Aber bring es ihm vorsichtig bei, Larry, und wenn er ein Taschentuch braucht, leih' ich ihm mein Hemd. Jetzt kann man sich in Afrika erst richtig wohl fühlen. Er hat doch keine Platten mehr, oder?«

Larry stieß Tubby in die Rippen. »Hast du noch Platten, Dikker?«

Tubby warf einen Blick auf die zerbrochene Schallplatte, dann sah er wieder begeistert die Kiste an.

»Lieber Himmel, Larry«, sagte er beeindruckt. »Es ist kaum zu fassen, was?«

Larry brachte die Bruchstücke weg und setzte sich wieder auf seine Decke. »Du mußt tief einatmen, Dicker«, sagte er, »und dir immer wieder vorsagen, daß es stimmt.«

Tubby schüttelte den Kopf. »Ich weiß nicht, wie es euch vorkommt«, erklärte er, »aber ich finde es – nun, einfach absurd. Da steht eine Kiste voll Erde, wie man sie braucht, um Kresse oder Tulpen zu pflanzen.«

»Oder Vergißmeinnicht«, meinte Mark.

»Mit einer Goldmine kann man etwas Besseres anfangen, als Kresse und Tulpen zu pflanzen«, sagte Larry lachend. »Schau dir's nur an, Tubby, und sag dir immer wieder, daß du ein reicher Mann bist.«

Tubby nickte. »Das tu ich«, erwiderte er. »Aber ich begreif's noch nicht ganz; im Ernst, Larry, wieviel ist unsere Goldmine wert, grob geschätzt?«

»Zum fünfzigstenmal, Tubby, ich habe keine Ahnung. Wahrscheinlich Millionen. Vielleicht -zig Millionen.«

Tubby überlegte einen Augenblick, dann hellte sich sein Gesicht auf. »Ich sag' euch was, Kinder«, meinte er, »wenn das stimmt, was Larry sagt, dann ist das Ganze einfach – romantisch.«

»Heiliger Himmel!« stöhnte Mark.

»Es gibt kein Wenn und Aber, Tubby. Spätestens in einem Vierteljahr brauchst du Büropersonal, um Bettelbriefe abzuwehren.«

Tubby lächelte. »Was werden wohl Bunty und die Kinder sagen?« seufzte er.

»›Daddy ist ein Millionär, Liebling – ist er nicht auf Draht?‹« hänselte ihn Larry. »Was wirst du mit deinem Geld anfangen, Tubby?«

»Wenn er vorhat, sich einen neuen Schallplattenspieler zu kaufen, Larry, dann schieß ihn bitte gleich nieder«, bat Mark.

»Ich werde mir ein großes Landgut kaufen«, verkündete Tubby. »Vielleicht auch ein Apartment in der Stadt.«

»Ein was?«

»Eine Wohnung in London, meinte er, Mark«, erklärte Larry. »Und was machst du auf dem Land, Tubby – größere und bessere Hühner züchten?«

»Oh, ein paar Autos, Jagdhunde und so weiter. Vergeßt aber nicht, wenn ihr mir zufällig begegnet, daß man vor dem Gutsherrn den Hut zieht.«

»Furchtbar«, ächzte Mark. »Da geb' ich mich lieber mit Rennpferden ab.«

»Reine Geldverschwendung, mein Junge«, mahnte Tubby.

Mark zuckte die Achseln. »Auf ein paar Pfund hin oder her kommt's ja nicht an, was, Larry?«

»Es reicht jedenfalls, daß Tubby den Gutsherrn spielen kann«, grinste Larry. »Stell ihn dir vor, wenn er zu Weihnachten im Dorf herumgeht und an arme, alte Frauen Decken verteilt, obwohl sie lieber eine Flasche Schnaps hätten.«

»Na ja, ein Anteil von einem Viertel an der Goldmine ist ein ganz hübsches Sümmchen wert«, meinte Tubby zufrieden, »und ich werde eben noch eine Flasche Schnaps zugeben. Aber wenn ihr mich fragt, dann hat Louis Creet das meiste Glück gehabt. Wir mußten für unseren Anteil immerhin schuften – achtzehn Monate lang Sümpfe, Urwald, Moskitos – und –«

»Flöhe«, sagte Larry. »Das darfst du nicht vergessen, Tubby.«

»Von der Schallplatte gar nicht zu reden«, seufzte Mark.

»Und Louis brauchte nichts zu tun, als zu Hause zu bleiben, Pillen zu schlucken und seine kostbare Gesundheit zu bewachen«, fuhr Tubby fort.

»Ein Viertel für jeden war ausgemacht, Tubby«, stellte Larry fest. »Worüber beschwerst du dich eigentlich?«

»Ich beschwer' mich gar nicht. Ich sage nur, daß uns Louis eigentlich dankbar sein müßte.«

»Auf den Knien müßte er uns danken«, ergänzte Mark. »Aber das könnte ja seiner Gesundheit schaden. Was ist eigentlich mit ihm los, Larry?«

Larry runzelte die Stirn. »Physisch?« Er zuckte die Achseln. »Aber ich kann mir nicht vorstellen, daß Louis vor Dankbarkeit in die Knie geht. Wahrscheinlich ist er der Meinung, daß wir ihm verpflichtet sind, weil er die Expedition finanziert hat. Sehr bedauerlich für dich, Tubby. Ist dir klar, Mark, daß wir ohne Erfolg zurückgekommen wären, wenn Tubby nicht die Intelligenz besessen hätte, in diesen Sumpf zu fallen?«

»Von ›fallen‹ kann gar nicht die Rede sein«, widersprach Tubby würdevoll. »Ich habe lediglich nach einem festen Stand gesucht –«

»Wenn Tubby nicht hineingefallen wäre«, fuhr Larry fort, »hätten wir ihn nicht herauszufischen brauchen, und nur dadurch fanden wir den Weg nach Chumbaziri. Mark und ich sind dir jedenfalls sehr dankbar.«

»Gott sei Dank bin ich wenigstens nicht ganz umsonst mitgekommen«, sagte Tubby. »Wie geht's jetzt weiter, Larry?«

»Wir hauen hier so bald wie möglich ab und beschaffen uns umgehend die Konzession für die Mine. Ich weiß nicht, wie lange das dauern wird. Dann müssen wir uns mit Louis besprechen, weil wir ohne ihn nicht weitermachen können. Ich habe einen Boten zur Küste geschickt und lasse Louis telegrafieren, daß wir die Mine gefunden haben und er umgehend herkommen soll. In sechs Wochen können wir uns dann in Lobito Bay treffen. Übrigens gibt es im Hotel ›Da Silvas‹ nur ein Badezimmer, Tubby, und für die ersten beiden Stunden nach unserer Ankunft ist es für mich reserviert.«

»Seife – und heißes Wasser!« seufzte Mark. »Nach Larry bin ich dran, Tubby.«

Tubby lächelte. »Ihr vergeßt das Wichtigste«, meinte er. »Ich bin durchaus für Sauberkeit, aber zuerst kommen die Briefe.«

Larry erhob sich, stellte das Gewehr weg und sah hinaus.

»Die Briefe hattest du vergessen, was, Larry?«

»Nein«, erwiderte der andere leise.

»Weißt du eigentlich, Larry, daß wir schon seit Monaten von zu Hause nichts mehr gehört haben?«

Larry erwiderte nichts.

»Seit fast einem halben Jahr hab' ich keine Zeile von Bunty und den Kindern und du keine Nachricht von Jacqueline –«

Larry wandte sich ab und ließ sich auf sein Zeltbett fallen. »Halt den Mund, Tubby!« sagte er gereizt. »Geh ins Bett.«

Tubby warf einen Blick auf den Schallplattenspieler, seufzte und legte sich hin.

Wenige Augenblicke später wurde die Stille der afrikanischen Nacht durch eine singende Männerstimme gestört:

›Wie soll ich leben ohne dich?
Warum gehst du von mir?
Ich hab' dich so geliebt –‹

»Larry!« sagte Mark.

»Ja?«

»Was hast du mit der Platte gemacht?«

»Weggeworfen.«

Mark stöhnte. »Um Himmels willen, Larry, schau nach, ob du sie nicht finden und wieder zusammenkleben kannst.«

4

Jacqueline ging von Creets Wohnung aus zu Fuß nach Hause. Sie brauchte fast eine Stunde, aber sie hätte es jetzt nicht ertragen, in einer Taxe stillsitzen zu müssen. Sie wollte nicht nachdenken, und außerdem hoffte sie, so spät nach Hause zu kommen, daß Vater und Mutter bereits schliefen. Sie wollte allein sein – sich in ihr Zimmer einschließen und weinen.

Als sie die Eingangstür leise öffnete, betrat Dr. Thurston die Diele. Ein weißhaariger Mann mit freundlichen blauen Augen, breiten Schultern und schmalen Händen.

»Na, Jackie, du kleine Herumtreiberin!« sagte er. »Es ist schon halb ein Uhr.«

»Entschuldige, Vater. Ich bin mit Louis ausgewesen.«

Dr. Thurston nickte. »Hast du dich amüsiert?«

Sie rümpfte die Nase. »Es war ein bißchen langweilig«, erwiderte sie. »Louis ist eben nicht mehr der jüngste.«

Thurston lächelte. »Er ist ein guter Kerl«, sagte er. »Gute Nacht, Jacqueline.«

Er küßte sie, und als sie sich abwandte, hielt er sie fest und sah sie ernsthaft an.

»Ist irgend etwas nicht in Ordnung, Jackie?«

»Wieso?«

»Du siehst so erledigt aus.«

»Das mußt du Louis sagen. Gute Nacht, Vater.«

Als sie oben auf der Treppe war, rief er ihr nach: »Übrigens, Jackie, wenn du Louis wieder triffst, kannst du ihm sagen, daß ich ihm eine Rechnung schicken werde, wenn er sich bei mir anmeldet und dann doch nicht kommt. Er sollte heute nachmittag um drei Uhr hier sein, aber er ließ sich nicht blicken.«

»Schon gut, ich sag's ihm«, erwiderte Jacqueline. Sie zögerte. »Vater, was fehlt Louis eigentlich?«

»Ich hab' ihn noch nicht untersucht, Jackie, also weiß ich es nicht. Er hält sich immer für krank, aber meiner Meinung nach fehlt ihm überhaupt nichts. Er hat eben zuviel Geld und zuwenig zu tun.«

»Ich verstehe«, sagte Jacqueline. »Dann besteht also nicht die Möglichkeit, daß ihm plötzlich etwas passiert?«

Er schüttelte den Kopf. »Nein, warum?«

»Ich war nur neugierig«, seufzte sie. »Gute Nacht.«

Als sie gebadet hatte, fühlte sie sich besser. Sie setzte sich in einen Sessel, zündete sich eine Zigarette an.

Es klopfte leise, sie ging zur Tür und öffnete sie. Mrs. Thurston, die einen Morgenmantel übergeworfen hatte, kam herein und sagte: »Du schläfst noch nicht?«

Sie setzte sich auf den Bettrand und sah ihre Tochter scharf an. »Stimmt irgend etwas nicht, Jacqueline?«

»Wieso, Mutter?«

»Dein Vater meinte, du wärst ziemlich aufgeregt gewesen, und deswegen wollte ich nach dir sehen.«

Jacqueline küßte sie und setzte sich wieder. »Ihr seid immer viel zu besorgt«, meinte sie lachend. »Was könnte schon geschehen sein?«

»Hat Louis – dich irgend etwas gefragt?«

»Louis? Was sollte er mich denn fragen?«

»Nun, ich hatte gehofft ... Louis hat sich sehr um dich bemüht ... Kein Mädchen könnte sich einen besseren Partner wünschen ...«

Jacqueline lächelte. »Und du stehst um halb ein Uhr nachts auf, um mich zu fragen, ob Louis mir einen Antrag gemacht hat? Nun, er hat mir keinen gemacht, und er wird es auch nie tun.«

Mrs. Thurston seufzte wieder. »Ich bin nicht deiner Meinung, Jacqueline«, sagte sie. »Louis wäre sicher ein guter Mann für dich, und wenn er dich darum bittet, seine Frau zu werden, dann wirst du es dir hoffentlich sehr genau überlegen, bevor du nein sagst.«

»Schon gut, Mutter«, unterbrach sie Jacqueline. »Ich werd' mir's überlegen. Aber ich bin nicht sehr auf eine Heirat erpicht.«

»Du denkst doch nicht immer noch an Larry, Jackie?« fragte Mrs. Thurston.

»Sprechen wir bitte nicht über Larry, Mutter.«

Nach einer längeren Pause sagte Mrs. Thurston: »Wenn dir Louis seinen Antrag machen sollte, dann vergiß bitte nicht, daß ihn dein Vater und ich sehr hoch schätzen. Er war zu deinem Vater sehr gut.«

Jacqueline hob die Brauen. »Louis – gut zu Vater? Wie meinst du das?«

Mrs. Thurston nickte. »Dein Vater hat mir ja verboten, dir etwas davon zu sagen, Jacqueline, aber du kannst es ruhig wissen. Ohne Louis wäre Vater immer noch ein kleiner Dorfarzt. Vater wollte schon immer Facharzt in der Harley Street werden, und das hat ihm Louis ermöglicht. Es dauert natürlich trotzdem ziemlich lange, bis man bekannt wird, und in den ersten Jahren kann man nicht allzuviel Geld verdienen. Wenn Louis nicht so großzügig wäre, wüßte ich nicht, was wir anfangen sollten.«

»Willst du damit sagen, daß Louis Vater immer noch Geld gibt?«

»Nun, er macht das recht taktvoll«, erwiderte Mrs. Thurston. »Louis erklärte, er sei es gewohnt, seinem medizinischen Berater jedes Jahr eine feste Summe zu bezahlen, und da sein früherer Arzt ins Ausland gegangen sei, wäre er deinem Vater sehr dankbar, wenn er sich um ihn kümmern würde. Fünfhundert Pfund pro Jahr sind zwar kein Vermögen, aber im Augenblick müssen wir sehr froh darüber sein. Deinem Vater würde sonst nichts anderes übrigbleiben, als seine Praxis hier aufzugeben.«

»Ich verstehe«, sagte Jacqueline nachdenklich. »Es läuft also darauf hinaus, daß wir praktisch von Louis' Geld leben?«

Mrs. Thurston nickte. »Dein Vater wäre wütend, wenn er wüßte, daß ich es dir gesagt habe, aber ich finde, du solltest Bescheid wissen. Und jetzt muß ich ins Bett gehen. Gute Nacht, Jacqueline.«

5

Am nächsten Morgen schloß sich Jacqueline nach dem Frühstück im Arbeitszimmer ihres Vaters ein und rief Monty an.

»Guten Morgen, Jacqueline. Schlafen Sie eigentlich überhaupt nie? Es ist doch erst zehn Uhr.«

Jacqueline zwang sich zu einem Lachen. »Ich habe diese Nacht kaum ein Auge zutun können, Monty.«

»Tatsächlich?«

»Ich hab' mir Sorgen gemacht.«

»Das tut mir leid.«

»Über den Einsatz von gestern abend«, erklärte sie. »Eigentlich war es ja albern von mir, mich darüber aufzuregen. Sie wußten, daß das ein Spaß war, Monty?«

»Ein Spaß?«

»Louis meinte, Sie hätten für solche Scherze nichts übrig, deswegen wollte ich mich entschuldigen. Es tut mir wirklich schrecklich leid, Monty.«

Eine Zeitlang herrschte Stille. Dann meldete sich Monty wieder.

»Ich fürchte, ich verstehe nicht ganz, Jacqueline. Ich habe von einem Scherz nichts bemerkt.«

»Sie glauben doch nicht wirklich, daß der Einsatz ernst gemeint war, Monty?« meinte sie leichthin. »Wie käme ich dazu, tausend Pfund zu setzen –«

»Bei Ihren Karten war ein Einsatz von tausend Pfund noch bescheiden«, unterbrach sie Monty. »Die Chance für mich, das vierte As zu ziehen, war minimal. Wenn ich es nicht bekommen hätte, wäre ich Ihnen tausend Pfund schuldig. Das wäre zwar für mich auch kein Spaß, aber ich hätte bezahlt, ohne mich zu beschweren. – Sind Sie noch da, Jacqueline?«

»Ja.«

»Warum nicht ehrlich sein? Ihr Einsatz war doch gar nicht als Spaß gedacht.«

Jacqueline zögerte einige Augenblicke, dann sagte sie ruhig:

»Nein, der Einsatz war ernst gemeint. Es tut mir leid, Monty, ich – ich kann nicht zahlen. Ich hatte kein Recht, einen so hohen Einsatz zu wagen. Ich schäme mich wirklich. Für einen Augenblick hab' ich eben den Kopf verloren –«

Es knackte in der Leitung. Sie runzelte die Stirn. »Hallo! Sind Sie noch da, Monty?«

Keine Antwort. Carr hatte eingehängt.

Mrs. Thurston hatte Louis für diesen Abend zum Essen eingeladen, und es gelang ihr anschließend, ihn mit Jacqueline im Wohnzimmer allein zu lassen.

Louis setzte sich ans Klavier und ließ die Finger über die Tasten gleiten. »Was soll ich für Sie spielen, Jacqueline?«

Jacqueline starrte ins Feuer und zuckte die Achseln. »Das ist mir gleichgültig, ich tanze nicht nach Ihrer Musik.«

Louis trat an den Kamin und sah lächelnd auf sie herab. »Man soll sich nie so festlegen«, meinte er. »Die Musik könnte so zwingend auf Sie wirken, daß Ihnen gar nichts anderes übrigbleibt, als zu tanzen.«

Jacqueline sprang auf und starrte ihn mit zorngerötetem Gesicht an. »Louis, wie wagen Sie es überhaupt, hierherzukommen! Wenn Sie eines anständigen Gefühls fähig wären, hätten Sie sich von mir ferngehalten.«

»Ich bin gekommen, weil mich Ihre Mutter eingeladen hat«, sagte Louis. »Wenn Ihnen mein Vorschlag von gestern so abstoßend erscheint, wie Sie vorgeben –«

»Es war mir ernst.«

»Na schön«, meinte Louis. »Dann wird mir also nichts anderes übrigbleiben, als in Zukunft dieses Haus zu meiden.« Er seufzte. »Sie glauben mir wohl nicht, wenn ich Ihnen sage, daß ich Sie liebe, Jacqueline? Aber es stimmt wirklich.«

»Liebe?« Sie lachte. »Ich würde solche Worte aus dem Spiel lassen. Sie wollen mir doch nicht weismachen, daß Sie sich etwas antun, nur, weil ich mich nicht um tausend Pfund kaufen lasse?« Sie schüttelte den Kopf. »Wir wollen nicht mehr darüber sprechen.« Sie deutete auf das Klavier. »Spielen Sie etwas, Louis.«

Creet rührte sich nicht. »Ich tue mir nichts an«, sagte er, »aber ich werde ins Ausland fahren. Das bedaure ich aus mancherlei Gründen. Zum Beispiel tut es mir leid, Ihren Vater zu verlieren – sowohl als Freund wie als medizinischen Berater. Ich bin auch davon überzeugt, daß Ihr Vater mich vermissen wird – sowohl als Freund als auch als Patienten.« Er verstummte und warf ihr einen fragenden Blick zu. Jacqueline runzelte die Stirn.

»Ich verstehe«, sagte sie. »Es ist gar nicht nötig, daß Sie um den heißen Brei herumreden. Wenn ich Ihren gemeinen Vorschlag nicht annehme, wird Vater die fünfhundert Pfund pro Jahr, die Sie ihm für ärztliche Beratung zahlen, verlieren.«

Louis zuckte die Achseln. »Selbstverständlich«, sagte er, »obwohl ich daran gar nicht gedacht habe. Außerdem glaube ich kaum, daß das bescheidene Honorar für Ihren Vater eine große Rolle spielt –«

»Sie wissen ganz genau, daß das der Fall ist«, unterbrach ihn Jacqueline. »Wenn Sie schon nicht anständig sein können, Louis, dann seien Sie wenigstens ehrlich. Nachdem Sie mit der ersten Drohung nicht zum Ziel gekommen sind, rechnen Sie jetzt damit, ich würde es nicht zulassen, daß mein Vater seine Praxis verliert. Habe ich nicht recht?«

Bevor Louis etwas erwidern konnte, betrat Mrs. Thurston das Zimmer und sah Jacqueline bedeutsam an.

»Du kommst gerade recht, Mutter«, sagte das Mädchen. »Louis wird uns etwas vorspielen.«

Louis trat ans Klavier. »Und Jacqueline wird tanzen«, lachte er.

6

Der Brief, den Jacqueline am folgenden Morgen erhielt, war kurz und deutlich. Der Text lautete:

›Liebe Jacqueline, wenn ich Ihren Scheck im Laufe des heutigen Tages nicht erhalte, behalte ich mir die nötigen Schritte vor. Hochachtungsvoll M. C.‹

Jacqueline zerriß den Brief in kleine Fetzen, warf sie ins Feuer, nahm den Hörer ab und rief Monty an. Mr. Carr war natürlich nicht zu sprechen.

Sie verließ das Haus – ohne eigentlich zu wissen, warum. Es mußte doch genug Menschen in London geben, die ihr tausend Pfund leihen konnten.

Sie suchte ein paar Bekannte auf. »Tut mir leid, Jackie, ich bin pleite«, war überall die Antwort.

An die folgenden Stunden konnte sich Jacqueline später nicht mehr genau erinnern. Sie konnte sich dunkel entsinnen, bei einem Mr. Jacobs vorgesprochen zu haben, der ihr unhöfliche Fragen stellte, von Sicherheiten, Garantien und Schuldscheinen sprach und der entsetzt zu sein schien, daß sie seine Anzeige in der Zeitung mißverstanden hatte. Nach einiger Zeit wurde er freundlich, nannte sie ›meine Liebe‹ und deutete an, daß man zu einer Einigung gelangen könne, wenn sie bereit sei, mit ihm in einem gewissen kleinen, verschwiegenen Restaurant zu speisen.

Jacqueline trat die Flucht an, fuhr nach Hause und sperrte sich in ihr Schlafzimmer ein.

Nach dem Abendessen bat ihr Vater sie, ihn in sein Arbeitszimmer zu begleiten.

»Ich möchte mit dir sprechen, Jackie«, sagte er, setzte sich in seinen Lehnsessel und schien zu vergessen, daß sie neben ihm stand.

»Ist – irgend etwas nicht in Ordnung, Vater?«

Dr. Thurston nahm sich zusammen. »Nimm Platz, mein Kind«,

sagte er. »Ich muß dir etwas sagen. Leider nichts Angenehmes. Es handelt sich um deine Mutter.«

Jacqueline spürte, wie ihr Blut wieder zum Herzen zurückströmte, aber sie sah ihren Vater besorgt an. »Mutter?«

Dr. Thurston nickte. »Ich habe bisher geschwiegen, Jackie, weil – nun, ich war mir noch nicht sicher, aber jetzt –«

Es klopfte an der Tür, das Dienstmädchen kam herein.

»Ein Herr möchte Sie sprechen, Sir«, sagte sie. »Ich hab' ihn ins Wohnzimmer geführt. Sein Name ist Carr.«

Jacqueline zuckte zusammen.

»Carr?« wiederholte Dr. Thurston. »Ich kann mich nicht entsinnen –«

»Der Besuch ist für mich«, meinte Jacqueline. »Ich habe Monty Carr durch Louis kennengelernt. Ich seh' mal nach.«

Sie eilte ins Wohnzimmer. Monty, groß, schlank und elegant gekleidet, stand vor dem Kamin und hob die Brauen, als sie eintrat.

»Guten Abend, Jacqueline. Ich wollte Ihren Vater sprechen –«

»Monty, ich weiß, warum Sie hier sind«, unterbrach sie ihn. »Ich habe Ihren Besuch heute erwartet, aber ich kann doch nicht mehr tun, als mich für mein unmögliches Verhalten zu entschuldigen.«

»Deswegen muß ich ja Ihren Vater sprechen«, erwiderte Monty. »Ich glaube nicht, daß er etwas unversucht lassen wird, um Ihre Schulden abzudecken.«

»Aber Monty, wenn Sie mir Zeit ließen – ich könnte –«

»Es tut mir außerordentlich leid, Jacqueline, aber nach allem, was Sie mir erzählt haben, können Sie die tausend Pfund nirgends auftreiben. Wenn Sie in der Lage wären, mir ehrenwörtlich zu versprechen, daß Sie binnen einer Woche den geschuldeten Betrag zahlen, dann würde ich warten, aber das halte ich nicht für möglich.«

Sie schüttelte den Kopf.

»Dann sind Sie nicht berechtigt, mich daran zu hindern, daß ich Ihren Vater von der Situation unterrichte.«

»Das geht einfach nicht, Monty«, rief Jacqueline. »Vater kann die tausend Pfund ebensowenig bezahlen wie ich. Es hätte überhaupt keinen Sinn, ihm alles zu sagen.«

Monty lächelte schwach. »Für einen Gentleman gibt es immer eine Möglichkeit, das Geld zur Begleichung einer Ehrenschuld aufzutreiben.«

Sie schüttelte den Kopf. »Bei Vater ist das ausgeschlossen«, antwortete sie. »Er hat keine tausend Pfund. Außerdem gibt es noch andere Gründe. Sie würden sie als albern und sentimental empfinden, aber für mich bedeuten sie sehr viel. Ich könnte es nicht ertragen –«

Sie hörte, wie die Tür zum Arbeitszimmer ins Schloß fiel, dann die Schritte ihres Vaters in der Diele.

»Monty – bitte –, versprechen Sie mir, daß Sie ihm nichts sagen«, bat sie. »Ich werde irgendwie zahlen. Wenn Sie nichts sagen und mir eine Chance geben –«

Monty schüttelte den Kopf. »Es tut mir leid, Jacqueline, aber das kann ich nicht versprechen. Ihr Vater muß davon erfahren.«

Als sie hörte, wie sich ihr Vater der Tür näherte, stieß sie atemlos hervor: »Monty – schnell – wenn Sie darauf bestehen, daß Vater –«

»Allerdings.«

»Dann versprechen Sie mir, nichts zu sagen, und ich werde ihn selbst davon unterrichten. Ich gebe Ihnen mein Wort, Monty. Ich sag' es ihm noch heute abend.«

Monty sah sie scharf an und nickte dann. »Nun gut, Jacqueline«, sagte er. »Lassen wir's dabei.«

Jacqueline atmete erleichtert auf, als ihr Vater an der Tür vorbei und nach oben ging. Sie begleitete Monty hinaus, verabschiedete sich und kehrte ins Arbeitszimmer zurück. Ihrem Vater mußte sie alles sagen.

Aber als Dr. Thurston zurückkam, zögerte sie. Es dauerte nur ein paar Sekunden, bis er sich in seinem Sessel niedergelassen hatte, aber dann war es bereits zu spät.

»Ist dein Besucher schon fortgegangen, Jackie?« sagte Dr. Thurston. »Gut! Ich wollte mit dir über deine Mutter sprechen. Ich mache mir schon seit einiger Zeit Sorgen, wollte dich aber vorher nicht beunruhigen. Heute nachmittag habe ich sie genau untersucht, so daß für Zweifel kein Raum mehr bleibt.«

»Sie ist – krank?« fragte Jacqueline besorgt.

»Noch nicht richtig, Jackie«, erwiderte ihr Vater. »Aber Stanford hat sie auch untersucht, und er ist mit mir der Meinung, daß wir sofort etwas tun müssen, um den Ausbruch einer ernsten Krankheit zu verhindern. Es gibt nur eine Therapie – absolute Ruhe und eine lange Seereise. Irgendwie müssen wir das zustande bringen. Und dabei kommt es auch auf dich an, Jackie.«

»Was ich auch immer tun kann, Vater –«

»Ich weiß, mein Kind«, unterbrach Dr. Thurston. »Es ist nämlich leider so, daß meine Finanzen nicht zum besten stehen, und wenn ich nicht ein paar großzügige Freunde gehabt hätte, wäre ich längst gezwungen gewesen, meine Praxis aufzugeben.«

»Du meinst, du kannst es dir nicht leisten –«

»Wir müssen es uns leisten, Jackie«, sagte Dr. Thurston. »Ich habe schon seit einiger Zeit mit etwas Ähnlichem gerechnet und ein paar hundert Pfund zurückgelegt. Das müßte gerade reichen, wenn wir beide ein bißchen sparen. Ich fürchte, wir können nicht mehr soviel Kleider, Hüte und ähnliches kaufen, aber das wird dir sicher nichts ausmachen –«

»Wenn ich nur gewußt hätte –«

»Ich weiß – dann hättest du dir gar nichts gekauft«, meinte Dr. Thurston lachend. »Du mußt eben jetzt deinen Teil beitragen, Jakkie. Vielleicht solltest du dir auch irgendeine Stellung suchen, als Stenotypistin oder so.«

»Mach dir keine Sorgen, Vater«, erwiderte Jacqueline. »Ich lasse dich nicht im Stich.«

Dr. Thurston erhob sich. »Ich weiß, daß ich mich auf dich verlassen kann. Und kein Wort zu Mutter. Wir müssen ihr jede Aufregung ersparen. Ich hab' ihr erzählt, ich hätte tausend Pfund auf der Bank.«

Jacqueline saß lange in ihrem Schlafzimmer vor dem Feuer, dann ging sie an ihren Schreibtisch und verfaßte einen Brief an Monty:

›Lieber Monty, ich kann es Vater einfach nicht sagen, aber wenn Sie ein paar Tage warten, gebe ich Ihnen mein Ehrenwort, daß Sie das Geld bekommen. J. T.‹

Dann biß sie die Zähne zusammen und nahm einen neuen Bogen zur Hand:

›Lieber Louis, ich nehme Ihr Angebot an. Wann? J. T.‹

7

Louis Creets Frisiertisch, ein ausgesucht schönes Möbelstück mit vielen Schubladen, indirekter Beleuchtung und verstellbaren Spiegeln, mußte das Herz jeder Frau erfreuen. Kämme, Haarbürsten, Parfüms, Lippenstifte, alles in reicher Auswahl.

Jacqueline starrte ihr Spiegelbild prüfend an. Sie konnte keine Veränderung feststellen. Ihre Augen waren klar und hell wie immer.

Sie stand auf, verließ das Zimmer, eilte den Korridor entlang zur Wohnungstür. Dann zögerte sie, kehrte um, betrat das Speisezimmer. Louis lag auf dem Sofa vor dem Kamin.

»Louis, bringen Sie mich bitte nach Hause.«

Louis stand auf, nahm ihren Arm und zog sie ins Zimmer.

»Warum so eilig, Liebling?«

»Ich möchte nach Hause – und zwar sofort.«

Louis hob die Brauen. »Hältst du das für klug? Es ist kaum elf Uhr, und man nimmt an, daß du mit mir zum Tanzen gegangen bist. Wenn du so früh zurückkommst, werden sich deine Eltern Gedanken machen, Liebling –«

»Hören Sie doch auf, mich ›Liebling‹ zu nennen, Louis!« rief sie ungeduldig. »Die Farce ist vorbei.«

»Farce? Wieso? Ich mag dich sehr gern.«

»Hören Sie zu, Louis«, sagte Jacqueline, »ich möchte nicht, daß Sie einen falschen Eindruck bekommen. Was ich heute abend getan habe, geschah nur deshalb, weil ich mir nicht mehr zu helfen wußte. Monty verlangte sein Geld. Er kam gestern sogar zu uns, um mit Vater zu sprechen. Was hätte ich also tun sollen? Aber ich habe den ganzen Abend nur daran gedacht, wie verlogen Sie sind.«

Louis lächelte. Er schlug vor, eine Tasse Kaffee zu trinken.

Jacqueline warf einen Blick auf ihre Uhr und runzelte die Stirn. Louis hatte recht. Es war noch zu früh.

»Danke, Louis, Kaffee würde mir guttun.«

Louis erhob sich. »Stimson hat Ausgang«, sagte er. »Ich habe ihn ins Kino geschickt. Den Kaffee mache ich selbst.«

Sie nickte, und Louis verließ das Zimmer.

Jacqueline ging ruhelos im Zimmer auf und ab. Sie durfte nicht zu früh nach Hause kommen. Ihr Vater würde kaum vor Mitternacht zu Bett gehen, und sie wollte ihm heute nicht begegnen. Vielleicht würde er eine Veränderung in ihrem Gesicht entdecken, die Louis' Spiegel nicht gezeigt hatte. Sie fragte sich, ob Larry diese Veränderung bemerkt hätte. Wenn die geringste Chance bestanden hätte, daß Larry noch am Leben war, dann säße sie jetzt nicht hier. Sie nahm eine Zigarette aus ihrem Etui und suchte nach Streichhölzern. Auf dem Schreibtisch stand ein Feuerzeug. Sie griff danach und stieß dabei mit dem Ellbogen ein paar Briefe vom Tisch.

Sie zündete ihre Zigarette an, dann kniete sie nieder, um die Blätter einzusammeln. Plötzlich wurde sie aufmerksam: ein Telegramm. Sie überflog es und wurde leichenblaß. Das Kabel war an Louis gerichtet. Der Text lautete:

›Mine entdeckt. Wert vorerst kaum abzuschätzen. Kommen Sie umgehend nach Kapstadt. Rückantwort an Hotel Da Silva, Lobito Bay.

Larry‹

8

Jacqueline blieb einige Minuten lang reglos stehen. Sie starrte das Telegramm an und sah nur das eine Wort unter dem Text. ›Larry‹! Sie hob den Kopf und blickte zur Tür. In diesem Augenblick brachte Louis den Kaffee.

»Entschuldige, daß es so lange gedauert hat«, sagte er, »aber Stimsons Kaffeemaschine ist etwas widerspenstig –«

»Louis!« Ihre Stimme klang schneidend.

Louis warf ihr einen Blick zu, dann stellte er das Tablett auf dem Tisch ab. Hoffentlich wird sie nicht hysterisch, dachte er.

»Möchtest du Milch, Liebling?«

»Louis, wenn ich nicht so feige wäre, würde ich Sie umbringen!«

»Was ist denn los, Jackie!« fragte er besorgt.

»Das«, sagte sie, warf das Telegramm auf den Tisch und starrte ihn an.

Er nahm das Telegramm und las es. Dann sah er auf. »Nun?«

»Dieses Telegramm ist vor zehn Tagen in Benguella aufgegeben worden.«

Er nickte. »Stimmt, Jackie. Aber ich habe es erst –«

»Sie wußten also Bescheid!« fauchte Jacqueline. »Es ist ganz gleichgültig, wann Sie es erhalten haben – heute, gestern oder vor einer Woche. Sie wußten heute abend, als ich hierherkam, daß Larry am Leben ist. Sie wußten es, und Sie – Sie haben es mir nicht gesagt.«

»Ich erwähnte nichts davon, Jackie, weil –«

»Glauben Sie, ich weiß nicht, warum Sie geschwiegen haben?« unterbrach sie ihn. »Vor zwei Tagen fragte ich Sie, ob Sie etwas von Larry gehört hätten, und Sie verneinten. Sie versuchten mir einzureden, daß wir von Larry niemals mehr Nachricht bekommen würden. Ich glaubte Ihnen. Dabei hatten Sie längst das Telegramm erhalten.«

»Nur keine Aufregung, Jackie. Ich gebe zu, daß ich nicht gern falsche Hoffnungen erwecken wollte –«

»Sie wußten Bescheid«, wiederholte sie zornig. »Sie wußten jedenfalls, daß Larry lebt, und Sie haben es mir verschwiegen! Sie wußten, daß ich niemals zu Ihnen gekommen wäre, wenn ich davon gewußt hätte.«

Louis lächelte. »Und deswegen wollen Sie mich umbringen, Jakkie?« Er schüttelte den Kopf. »Sie übersehen ein paar Dinge, meine Liebe« – ironisch betonte er die förmliche Anrede –, »selbstverständlich war die Nachricht, daß Larry noch am Leben ist, ein Schock für Sie. Auch ich bin freudig überrascht. Wie Sie wissen, mochte ich Larry sehr gern –«

»Lassen Sie doch diese albernen Lügen. Sie haßten Larry. Sie haben ihn immer gehaßt.«

»Und um ihm meinen Haß zu zeigen, gab ich ihm zweitausend Pfund für seine Expedition.«

»Sie haßten ihn«, wiederholte sie. »Jetzt begreife ich langsam. Sie wollten ihn aus dem Weg räumen, nicht wahr? Sie wußten, daß Sie bei mir nichts erreichen würden, solange Larry in England blieb.«

»Ich habe Larry schließlich nicht gezwungen, nach Afrika zu fahren. Auf seinen Vorschlag hin stellte ich das Kapital zur Verfügung –«

»Für Sie war das Ganze einfach ein Geschäft. Zweitausend Pfund sind eine gute Geldanlage, wenn man damit einen unbequemen Mann aus dem Weg räumen kann. Als das Telegramm kam und Sie feststellen mußten, daß Larry entgegen Ihren Hoffnungen noch am Leben ist, brachten Sie mich mit einem gemeinen Trick dazu –«

»Das ist ungerecht, Jacqueline«, unterbrach sie Creet. »Ich gebe zu, daß ich den Empfang des Telegramms verschwiegen habe, aber nicht aus den Gründen, die Sie mir unterstellen. Selbst wenn ich Ihnen das Telegramm gezeigt hätte, wäre Ihre Situation die gleiche geblieben. Sie hätten Monty Carr die tausend Pfund trotzdem nicht geben können.«

»Larry hätte mir geholfen.«

»Larry?« Er hob die Brauen.

»Warum nicht?« sagte Jacqueline. »Sie werden es vielleicht nicht glauben, Louis, aber es gibt ein paar Männer auf der Welt, die man als Frau um tausend Pfund bitten kann, ohne sich um eine Gegenleistung Sorgen machen zu müssen. Larry gehört zu diesen Männern. Wenn ich ihm telegrafiert hätte –«

»Larry hätte sicher seine Taschen für Sie geleert«, meinte Creet. »Aber Sie wissen genausogut wie ich, Jackie, daß Larrys Taschen höchstens unbezahlte Rechnungen enthalten, und er wird jetzt ebensowenig in der Lage sein, einen Scheck über tausend Pfund auszustellen, wie früher.«

»Aber wenn sie die Goldmine gefunden haben und wenn sie so reich ist, wie Larry meint –«

»Wenn, ja wenn«, unterbrach sie Creet. »Darauf würde ich mich nicht verlassen. Man muß genaue Untersuchungen durchführen. Ich erwähnte das Telegramm vor allem deswegen nicht, weil ich Sie nicht zu der Schlußfolgerung verleiten wollte, daß Larry plötzlich Millionär geworden sei.«

Jacqueline wandte sich mit einem verächtlichen Lächeln ab.

»Ich verstehe«, sagte sie und setzte sich auf das Sofa. »Das war sehr rücksichtsvoll von Ihnen, Louis. Sie glauben also, daß Larry ebenso mittellos wie früher ist?«

»Das muß man erst abwarten«, meinte Louis achselzuckend, »aber wenn Sie damit rechnen, daß Larry als reicher Mann zurückkommt – und Sie heiraten kann –«

»Ich rechne mit gar nichts mehr«, sagte Jacqueline. Sie starrte lange ins Feuer. Dann erhob sie sich plötzlich. »Ich gehe, Louis.«

An der Tür zögerte sie.

Sie mußte Louis noch auf etwas aufmerksam machen, wenn es ihr auch noch so schwer fiel. »Louis«, sagte sie, »wegen – wegen Monty Carr. Ich habe ihm versprochen –«

Creet nickte lächelnd. »Sie brauchen sich wegen Monty keine Sorgen zu machen«, sagte er. »Ich kümmere mich morgen früh darum.« Er stand auf, trat zu ihr und legte den Arm um ihre

Schultern. »Sie brauchen sich überhaupt keine Sorgen mehr zu machen. Wir müssen uns jetzt öfter sehen als früher, aber das wird nicht sehr schwierig sein. Ich rufe morgen an, und wir verabreden uns.«

Sie machte sich los und verließ die Wohnung.

9

Erst am Mittag des nächsten Tages verließ Jacqueline ihr Schlafzimmer. Sie ging die Treppe hinunter und fand ihre Eltern in der Bibliothek.

»... ich werde wohl auch einen Tropenhelm brauchen, John, nicht wahr?« sagte Mrs. Thurston, als Jacqueline hereinkam. Dr. Thurston lächelte seine Tochter an. »Na, Jackie, hast du endlich ausgeschlafen?«

Jacqueline zuckte die Achseln. »Wohin will Mutter mit einem Tropenhelm?«

»Eine großartige Nachricht, mein Kind«, sagte ihre Mutter aufgeregt. »Ich kann sie noch gar nicht fassen.«

»Was ist denn, Mutter?« fragte Jacqueline geduldig.

Mrs. Thurston warf ihrem Mann einen Blick zu und lächelte. »Es handelt sich um Larry und die anderen, Jacqueline«, sagte sie. »Louis hat ein Telegramm bekommen. Es geht ihnen gut, und sie haben die Goldmine gefunden –«

Jacqueline nickte. »Louis hat es mir gestern abend gesagt, Mutter.«

»Sie haben sich den Erfolg wirklich verdient«, meinte Mrs. Thurston nachdenklich. »Aber wir dürfen uns natürlich nicht vorstellen, daß sie plötzlich Millionäre geworden sind. Louis hat uns heute morgen ausdrücklich davor gewarnt. Man könne nie wissen, wie ergiebig so eine Mine sei –«

»Louis ist heute morgen hier gewesen?«

»Er wollte uns die freudige Nachricht sofort überbringen«, sagte Mrs. Thurston. »Er war sehr enttäuscht, daß er dich nicht sehen und dir von der Reise erzählen konnte.«

»Von welcher Reise?« Jacqueline sah ihren Vater an.

»Louis fährt mit dem nächsten Schiff nach Afrika«, erklärte Dr. Thurston. »Bezüglich der Goldmine ist er etwas skeptisch, aber er will sich mit Larry und den anderen treffen und die Sache selbst überprüfen.«

Jacqueline seufzte erleichtert auf. Wenigstens brauchte sie sich in den nächsten Monaten nicht mit Creet zu befassen.

»Und was glaubst du, mein Kind«, ergänzte ihre Mutter eifrig, »wir fahren mit ihm.«

»Wir?«

»Creet ist ein sehr großzügiger Mensch«, sagte Dr. Thurston. »Ich erzählte ihm davon, daß deine Mutter eine Seereise unternehmen muß und daß ich nicht genau wüßte, woher das Geld kommen soll, worauf er sofort vorschlug, daß wir ihn als seine Gäste nach Afrika begleiten sollten.«

»Und du hast angenommen, Vater?«

»Aber natürlich«, fiel Mrs. Thurston ein. »Das ist doch eine großartige Möglichkeit, auch für deinen Vater, der ziemlich überarbeitet ist.«

Jacqueline lächelte. »Und ihr beide fahrt also wirklich?«

»Du kommst natürlich auch mit, Jackie«, sagte Dr. Thurston.

»Für jedes unverheiratete Mädchen ist das eine einmalige Gelegenheit«, verkündete Mrs. Thurston. »Auf einem Überseeschiff lernt man viele Leute kennen, und da Louis mit uns fährt, dürfte es nicht sehr lange dauern, bis etwas Aufregendes passiert.«

»Mit anderen Worten, Mutter«, sagte Jacqueline, »du glaubst, daß Louis mich mit der Absicht eingeladen hat, mir auf dem Schiff einen Antrag zu machen? Es tut mir leid, daß ich dich enttäuschen muß, aber ich fahre nicht mit euch.«

»Aber Jacqueline«, begann Mrs. Thurston, »das ist doch nicht dein Ernst – Louis rechnet bestimmt mit dir –«

»Ich möchte das gleich jetzt klarstellen, Mutter«, unterbrach sie Jacqueline, »ich fahre nicht mit euch. Ihr glaubt, daß Louis uns eingeladen hat, damit er mich auf hoher See bitten kann, seine Frau zu werden. Da täuscht ihr euch gründlich. Ich will Louis nicht heiraten und lasse mich dazu auch nicht zwingen.«

»Niemand will dich zwingen, Jackie«, sagte Dr. Thurston. »Creet ist ein anständiger Kerl, und ich glaube, daß er dich gern hat. Aber wenn du ihn nicht willst, ist die Angelegenheit erledigt. Trotzdem sehe ich nicht ein, warum du die Schiffsreise nicht mitmachen solltest. Larry wird sich freuen, dich wiederzusehen.«

Er lächelte sie verständnisvoll an, Jacqueline schüttelte den Kopf.

»Ich will nicht, Vater.«

»Aber Louis wird schrecklich enttäuscht sein«, jammerte Mrs. Thurston, »ich weiß gar nicht, wie ich ihm das beibringen soll –«

»Ich sage es ihm schon selbst, Mutter, mach dir keine Sorgen.«

Mrs. Thurston seufzte. »Ich verstehe nicht, was ein Mädchen gegen Louis haben könnte –«

Jacqueline machte eine abwehrende Geste. »Wenn man gegen einen Menschen nichts hat, so ist das noch lange kein Grund, ihn zu heiraten.«

»Sehr richtig«, sagte ihr Vater.

Mrs. Thurston stand auf und ging zur Tür. Dort blieb sie noch einmal stehen und brachte ihre letzte Waffe zum Einsatz.

»Vergiß nicht, Jacqueline«, sagte sie, »daß Louis ein sehr reicher Mann ist –«

»Das steht hier überhaupt nicht zur Debatte«, knurrte Dr. Thurston.

Als sich die Tür hinter Mrs. Thurston geschlossen hatte, ging er zu Jacqueline, legte ihr die Hände auf die Schultern und sah sie forschend an. Jacqueline zwang sich zu einem Lächeln.

»Was ist denn, Vater? Du willst wohl meine Zunge sehen?« fragte sie. »Aber mit mir ist alles in Ordnung – ganz bestimmt.«

*

Louis Creet sollte an diesem Abend zum Essen kommen, und danach würde endlich die Untersuchung stattfinden, die so oft hinausgeschoben worden war. Creet gedachte kein Risiko einzugehen.

Aber Jacqueline wartete nicht bis zum Abend. Nach dem Mittagessen rief sie Louis an.

»Es handelt sich um diese Reise, Louis.«

»Ja?«

»Mutter sagte mir, daß Sie uns alle drei eingeladen hätten. Das ist zwar sehr schön von Ihnen, Louis, aber ich möchte, daß Sie auf mich verzichten.«

»Ich fürchte, das wird nicht möglich sein«, erwiderte Creet.

»Aber wenn ich nicht mitfahren will –«

»Ich glaube, es wäre vernünftiger, wenigstens so zu tun, als hätten Sie Lust. Unter den Umständen kann man nicht erwarten, daß ich ohne Sie fahre. Seien Sie nicht albern. Sie werden sich wohl fühlen. Und wenn Sie manchmal ein bißchen nett zu mir sind –«

»Louis, ich fahre nicht. Das ist endgültig.«

Er schwieg einige Augenblicke, dann sagte er: »Sind Sie noch da, Jackie?«

»Ja.«

»Ich habe heute morgen mit Monty Carr gesprochen. Von seiner Seite ist nichts mehr zu befürchten.«

»Sie – Sie haben ihn bezahlt, Louis?«

»Er hat mir versprochen, Sie nicht mehr zu belästigen, solange Sie vernünftig sind.«

»Aber Sie hatten mir doch versprochen, daß Monty seine tausend Pfund bekommt –«

»Nicht ganz, meine Liebe«, unterbrach sie Creet. »Ich versprach, dafür zu sorgen, daß Monty Carr Sie wegen der tausend Pfund nicht mehr belästigt, und das habe ich getan. Monty wird Sie nicht mehr belästigen – solange Sie vernünftig sind.«

»Solange ich vernünftig bin? Worauf wollen Sie hinaus?«

»Nun gut«, sagte Louis, »dann will ich es so ausdrücken, Jackie

– ich bin sehr verliebt in Sie, und man kann nicht verlangen, daß ich Sie einige Monate lang nicht sehen soll.«

»Ich verstehe«, erwiderte Jacqueline. »Sie haben mich zum Narren gehalten. Larry hatte recht, als er Sie ein unmoralisches Subjekt nannte, und ich wollte ihm nicht mal glauben.«

»Solange Sie vernünftig sind, brauchen Sie sich keine Sorgen zu machen. Aber wir wollen uns nicht streiten, Jackie. Überlegen Sie sich's, und geben Sie mir heute abend Bescheid.«

»Ich brauche mir nichts zu überlegen, Louis. Ich fahre nicht mit.«

»Ich würde nicht so vorschnell –«

»Ich fahre nicht«, wiederholte sie und schmetterte den Hörer auf die Gabel.

Aber sie wußte genau, daß sie mitfahren würde.

10

Nur ein Mensch mit ausgeprägtem Höflichkeitssinn brachte es fertig, Da Silvas' Haus in Lobito Bay den Titel ›Hotel‹ zuzugestehen. In Ermangelung eines passenderen Ausdrucks griff man eben nach dem nächstliegenden.

Es war ein niedriges, keineswegs mehr weißes Gebäude mit drei Schlafzimmern, einem Bad und einem zusätzlichen Raum, der als Eß-, Rauch-, Wohn- und Schreibzimmer Verwendung fand. Von dort aus gelangte man auf eine relativ kühle und schattige Veranda. Hier, über dem blauschimmernden Wasser des Hafens, ließ es sich am angenehmsten sitzen.

Die Schlafzimmer glänzten durch Primitivität. Das Badezimmer enthielt eine Wanne, in der man nur unter beachtlichen Verrenkungen sitzen konnte.

In einem den Gästen nicht zugänglichen Teil des Gebäudes befand sich die Küche. Damit war die Seelenruhe der Gäste gesichert.

In einer Ecke des Allzweckzimmers war Gepäck aufgestapelt: Betten, Strohsäcke, Gewehre, Vermessungsgeräte, Schallplattenspieler. Die unordentliche Anhäufung allein ließ schon erkennen, wie erleichtert die Eigentümer ihre Habe dort abgelegt haben mußten.

Die drei Männer am Frühstückstisch sahen zufrieden und glücklich aus. Sie hatten wieder die Annehmlichkeiten der Zivilisation genossen. An diesem Vormittag hatten die Boiler zwei Stunden lang auf Hochtouren gearbeitet, und das Badezimmer hatte die kühnsten Erwartungen erfüllt, ja übertroffen.

Die Zusammensetzung des Frühstücks war während der letzten fünfzehn Kilometer Gegenstand erhitzter Diskussionen gewesen. Porridge, so hatte Tubby Storman verkündet, fülle zwar den Magen, ohne jedoch den Gaumen zu kitzeln – und wer wollte sich schon den Appetit auf ein dickes, saftiges Steak verderben? Über dieses Steak war man sich einig. Es mußte zart sein, nicht ganz durchgebraten und vor allem mindestens zwei Zentimeter dick, außerdem garniert mit goldgelb gebratenen Kartoffeln.

Toast, Marmelade, Kaffee würden die Mahlzeit natürlich abrunden, so daß man endlich wieder zu dem Schluß kommen mußte, daß die Zivilisation noch existiere.

Man hatte dieses Menü tatsächlich bestellt, nicht ohne alle Einzelheiten genauestens zu erklären, und jetzt frühstückten die drei Männer gekochte Eier, denn etwas anderes war nicht zu haben gewesen. Aber selbst dieser Mißerfolg konnte den Überschwang ihrer Gefühle nicht dämpfen.

»Was wir jetzt brauchen könnten«, meinte Tubby, »wäre ein Lied vom Schallplattenspieler. Warum du ausgerechnet die letzte Platte kaputtschlagen mußtest, Larry –«

»Tut mir leid, Tubby«, erwiderte Larry lachend. »Die Kunst muß der Vernunft weichen. Außerdem taten mir auch die Tiere leid. Die Träger haben mir erzählt, daß beim letztenmal, als du diese Platte gespielt hast, sich drei Löwen in einer Lichtung die Augen ausweinten.«

»Immerhin«, erklärte Tubby unverdrossen, »in Lobito Bay kann ich mir ja neue Platten kaufen.«

»Gott behüte«, mischte sich Mark ein. Er sah sich zufrieden im Zimmer um. »Das ist zwar kein erstklassiges Restaurant, aber ich fühle mich wohl. – Zufrieden mit deiner Post, Dicker?«

Tubby grinste übers ganze Gesicht. »Und wie!« strahlte er. Er holte einen dicken Umschlag aus der Tasche. »Sechzehn Seiten vom Besten, mein Lieber. Bunty kann herrliche Briefe schreiben. Hört euch das an:

›Der Hund hat vergangene Woche drei Hühner umgebracht, aber er hat eins von den toten Hühnern um die Ohren bekommen, und seither gibt er Ruhe.‹«

»Ob die Zeitungen wohl darüber berichtet haben?« fragte Larry.

Aber Tubby hörte ihn nicht und las weiter:

»›Mutter hat sich nicht wohl gefühlt, aber es geht ihr besser.‹«

»Dem Himmel sei Dank!« kommentierte Larry. »Los, Tubby, lies weiter.«

Aber Tubby war in die Lektüre des Briefes versunken.

Er lächelte und wackelte zufrieden mit dem Kopf.

»Misch dich da ja nicht ein«, sagte Mark.

»Ich hab' mich schon immer gefragt, was Ehefrauen ihren Männern schreiben«, erklärte Larry.

Tubby faltete den Brief sorgfältig zusammen, steckte ihn in den Umschlag und verwahrte diesen wieder in der Tasche.

»Kann mir jemand sagen, wann das nächste Schiff geht?« erkundigte er sich.

»Nicht so schnell, Dicker«, sagte Larry. »Creet ist ja noch nicht einmal hier. Du hast auch kein Telegramm von ihm bekommen, Mark?«

Elliott schüttelte den Kopf. »Nein. Ich nahm eigentlich an, er würde uns auf dem Bahnhof mit einer großen Kapelle empfangen.«

»Vielleicht ist er noch gar nicht angekommen«, meinte Larry.

»Das Schiff lief vor drei Tagen in Kapstadt ein«, sagte der andere.

Larrys Augen blitzten plötzlich auf. »Tatsächlich?« fragte er hastig. »Hast du eine Passagierliste?«

Mark schüttelte den Kopf. »Kommen die Thurstons wirklich in diese gottverlassene Gegend?« fragte er.

»Ich weiß es nicht«, brummte Larry. »Ihr wißt genausoviel wie ich. Louis hat zugesagt, hier zu sein, wenn wir ihm das ungefähre Datum nennen könnten. Das haben wir getan, aber er ist nicht da.«

»Eigentlich sonderbar, findest du nicht?« mischte sich Tubby ein. »Louis Creet ist doch sonst sehr zuverlässig.«

»Hm!« knurrte Larry.

»Ich möchte nur wissen, was Doktor Thurston nach Kapstadt getrieben hat?« sagte Mark. »Die Reise ist immerhin nicht ganz billig. Aber das spielt bei Louis ja keine Rolle, er ist sehr großzügig.«

»Gewiß«, erwiderte Larry mit ironischem Lächeln. »Ich kenne keinen Menschen, der liebenswürdiger Zigarren anbieten kann als er, aber wenn du einmal versucht hättest, bei ihm ohne Sicherheitsleistung zwanzig Pfund zu borgen, dann würdest du deine Meinung vielleicht doch ändern.«

»Ach, Blödsinn!« rief Tubby. »Louis ist ein prima Kerl, und du machst mal wieder auf zynisch.«

»Vielleicht«, erwiderte Larry. »Aber Zynismus ist ein wertvolles Produkt der Erfahrung, mein Junge, das wirst du schon noch lernen. Übrigens möchte ich nicht, daß Louis etwas von deinem Sturz in den Sumpf erfährt, der dazu geführt hat, daß wir den Weg fanden.«

Die beiden sahen ihn überrascht an.

»Warum denn nicht?« fragte Mark.

»Wir geben Louis natürlich einen Plan der Mine, aber ich schlage vor, daß wir den Pfad nicht erwähnen.«

»Aber das geht doch nicht«, brauste Tubby auf. »Unter Ehrenmännern gibt es keine Heimlichkeiten.«

Larry lächelte grimmig. »Zu diesen Leuten würde ich Louis nicht zählen.«

Mark Elliott runzelte die Stirn. »Ich muß Tubby recht geben«, protestierte er. »Louis hat ein Recht darauf, alles zu erfahren. Er ist schließlich vollberechtigter Teilhaber.«

Larry zuckte die Achseln. »Wie ihr wollt«, sagte er. »Ich will euch etwas sagen, was ihr noch nicht wißt. Das war mein dritter Versuch, diese Mine zu finden. Beim erstenmal war ich pleite, beim zweitenmal meine ganze Verwandtschaft. Ich möchte nicht, daß noch etwas schiefgeht.«

»Eigentlich schon merkwürdig, daß die Stelle bisher noch niemand gefunden hat«, meinte Mark nachdenklich.

»Na ja, ich weiß nicht recht«, sagte Tubby grinsend. »Immerhin bin ich zum erstenmal hier. Wenn es darum geht, einen Weg zu finden – na, ihr wißt schon, was ich meine.«

»Lang ihm eine, Mark – du bist näher dran«, sagte Larry. »Nur, weil er durch seinen dicken Bauch das Übergewicht bekommen hat und in den Sumpf gefallen ist . . .«

Ein paar Minuten saßen sie schweigend da, jeder in seine Gedanken vertieft, mit seinen eigenen Vorstellungen von der Zukunft beschäftigt, mit Plänen, Hoffnungen – und, bei Larry Deans, auch Befürchtungen.

»Mir wäre es trotzdem lieber, wenn wir einen Vertrag hätten«, sagte er halb zu sich selbst.

»Ich möchte bloß wissen, was du hast, Larry«, erwiderte Tubby ungeduldig. »Wozu brauchst du denn einen Vertrag? Louis denkt doch gar nicht daran, sein Wort zu brechen. Außerdem haben wir praktisch einen Vertrag gemacht. Dieser Brief, den er mir geschrieben hat –«

»Bedeutet gar nichts«, unterbrach ihn Larry. »Er hat nur von seinen Hoffnungen erzählt.«

»Du bringst mich da auf allerhand Gedanken«, sagte Mark plötzlich. »Du meinst doch nicht wirklich –«

»Natürlich nicht«, fuhr Tubby dazwischen. »Ich kann Louis gut leiden, wobei ich nicht sagen will, daß ich ihn bitten würde, auf meine Frau aufzupassen.«

»Schon komisch, wie ihm die Weiber nachlaufen«, sagte Mark. »So gut sieht er doch gar nicht aus.«

»Du meine Güte, Mark!« Larry lachte auf. »Was die Frauen angeht, so mußt du noch allerhand lernen. Es interessiert sie gar nicht, wie ein Mann aussieht. Und wenn außerdem jede Frau warten müßte, bis ein Adonis daherkäme, würde sie verhungern. Und die Frauen denken gar nicht dran, zu hungern.«

»›Vom Dschungel verbittert‹«, murmelte Tubby.

Es klopfte, und ein Farbiger brachte ein Telegramm. Larry riß den Umschlag auf und nahm es heraus.

»Ausgerechnet! Sie sind in Benguella – wir sind sogar dort vorbeigekommen.«

›Haben Euch leider knapp verpaßt. Bewohnen hier hübsches Haus. Holen Euch mit dem Wagen ab.‹

»Absender?« fragte Tubby.

»Mrs. Thurston.«

»Sie ist also auch mit dabei!« sagte Mark. »Prima. Und Jacqueline?«

»Ich hab' euch das Telegramm doch vorgelesen«, antwortete Larry kurz.

»Na, dann werden wir Louis ja bald treffen. Mrs. Thurston hätte es sicher erwähnt, wenn er nicht dabei wäre.«

Tubby Stormans Gesicht nahm einen besorgten Ausdruck an, als er sich Larry Deans zuwandte. »Weißt du, eigentlich ist es ja recht bedauerlich, daß du von Louis so wenig hältst. Ich weiß zufällig, daß er eine sehr hohe Meinung von dir hat.«

Larry grinste. »Mensch, laß die Witze.«

Tubby, dem seine Rolle als Friedensstifter außerordentlich behagte, fuhr fort: »Doch, ganz bestimmt. Und Jacqueline findet ihn großartig.«

Larrys Gesicht verfinsterte sich. »Jacqueline ist noch sehr jung, also unerfahren und sehr leicht zu beeindrucken«, erklärte er gereizt. »Und Louis Creet ist genau der Typ Mann, den jedes junge, beeindruckbare und alberne Mädchen großartig findet. Du hast doch gerade eben selbst gesagt, daß du ihm deine Frau nicht anvertrauen würdest.«

Tubby zögerte.

»Laß nur«, fuhr Larry fort. »Deine Frau ist weder jung noch albern, noch zu beeindrucken. Was die Männer angeht, so hat sie zwar einen miserablen Geschmack, aber sonst ist sie eine intelligente Frau.«

»Als, wenn ich mit einem hübschen, jungen Mädchen wie Jacqueline verlobt wäre –«

Larry wehrte mit einer ungeduldigen Handbewegung ab. »Ich bin mit ihr nicht verlobt«, erwiderte er. »Das Ganze war höchstens eine Vorstufe zu einer Verlobung. Louis mag zwar großzügig sein, aber mir wäre lieber, wenn er es auf andere Art beweisen würde. Na, reden wir nicht mehr darüber. Wo sind die Zigaretten?«

Tubby seufzte tief und holte sein Etui hervor.

»Wie üblich, hab' ich sie. Komisch, daß ich immer alle Nebenspesen tragen muß. ›Finanzexperte Percy H. Storman‹.«

Larry nahm eine Zigarette aus dem Etui, zündete sie an und starrte Tubby entgeistert an.

»Heiliger Strohsack!« ächzte er. »Percy – das ist zuviel!«

Er wich Tubbys Faust aus, schlenderte auf die Veranda hinaus und ließ sich in einen Liegestuhl nieder.

Mark, der mit Tubby zurückgeblieben war, sagte ernst: »Hör mal, du darfst Larry mit Jacqueline nicht aufziehen. Das ist ein wunder Punkt bei ihm.«

»Aber das ist doch Quatsch«, erwiderte der andere. »Und ich kann mir auch nicht vorstellen, daß Larrys Meinung über Louis stimmt. Ich kenne Creet schon sehr lange, und er ist wirklich ein großartiger . . .«

»Offen gestanden«, murmelte Mark, »mir kommen auch schon Bedenken –«

»Unsinn!« platzte Tubby heraus. »Warum willst du den schönen Tag vermiesen? Jetzt sind wir endlich zu Hause – oder beinahe zu Hause – nach diesen Strapazen, wir sind gesund und reich. Was willst du mehr?«

»Hoffentlich hast du recht«, meinte Mark Elliott nachdenklich. »Tubby, hast du eine Ahnung von den Schürfrechten hier in Westafrika?«

»Nein. Was haben die Gesetze damit zu tun?«

»Vermutlich sehr viel. Ich hab' mich mit Larry im Zug unterhalten. Er meint, daß sich unsere Konzession nur auf den Fund und nicht auf die Nutzung der Mine bezieht. Es wird natürlich kaum Schwierigkeiten bereiten, die andere Konzession zu bekommen, wenn wir auch einen Prozentsatz an die Regierung abführen müssen, aber zuallererst haben wir die Besitzrechte festzulegen.«

»Klingt ein bißchen kompliziert«, sagte Tubby. »Aber das wird doch auch noch klappen, oder nicht?«

Mark schwieg lange. Wenn Larry recht hat? dachte er. Ein Vertrag war eben nicht vorhanden.

»Oder nicht?« wiederholte Tubby.

»Wahrscheinlich«, erklärte Mark ohne Überzeugung. »Aber du verstehst doch, was ich meine?« Er sah den anderen scharf an. »Wenn Louis beweisen kann, daß wir als seine Angestellten auf Gehaltsbasis für ihn gearbeitet haben, könnten wir nicht den geringsten Anspruch auf eine Beteiligung am Ertrag der Goldmine erheben. Versuch das endlich zu begreifen, Tubby.«

Tubby bemühte sich. Er runzelte heftig die Stirn, kratzte sich am Kopf und konzentrierte seine Gedanken. Dann hellte sich sein Gesicht auf. »Aber das könnte er doch nie beweisen«, sagte er. »Das vergißt Larry dauernd. Louis könnte das überhaupt nicht beweisen.«

»Meinst du?« sagte Larry, der eben von der Veranda hereingekommen war, und sah ihn mitleidig an. »Du bist eben außerordentlich vertrauensvoll, Tubby, und es tut mir direkt weh, dir deine Illusionen rauben zu müssen, aber wenn Louis es darauf abgesehen hätte, fiele es ihm nicht schwer, nachzuweisen, daß wir mit einem Monatsgehalt bei ihm angestellt waren. Das steht sogar in deinem ›Vertrag‹.«

»Aber dafür hat er uns doch eine Erklärung gegeben«, wandte Tubby ein. »Er wollte das so hinstellen, um uns zu decken –«

»Laß dir von mir gesagt sein, daß er das deswegen gemacht hat, weil er die Gesetze hier ganz hervorragend kennt. Louis hat sich gedeckt, nicht uns. Meiner Meinung nach kann Louis mit der ganzen Beute absegeln, während wir am Ufer stehen und mit den Zähnen knirschen.«

»Aber das will er doch sicher gar nicht«, meinte Tubby hartnäkkig. »Das sage ich doch die ganze Zeit, und ich finde es gar nicht anständig, Louis zu unterstellen, daß er nichts anderes plant, als uns übers Ohr zu hauen. Zu mir war Louis immer sehr anständig. Zum letzten Weihnachtsfest hat er beispielsweise den Kindern für ungefähr zwanzig Pfund Spielzeug geschickt. Außerdem lud er Bunty in sein Haus ein.«

Larry lächelte. »Ich frage mich manchmal, Mark«, sagte er, »ob unser Dicker tatsächlich so blöd ist oder ob er ein so edles Gemüt hat. Nahm Bunty die Einladung an?«

»Nein«, sagte Tubby. »Damals herrschten gerade die Masern, und sie konnte nicht weg.«

»Gratuliere!« sagte Larry. »Du bist wohl noch nicht auf den Gedanken gekommen, aber du müßtest eigentlich jeden Abend vor dem Zubettgehen sagen: ›Dem Himmel sei Dank für die Masern!‹«

Tubby wurde rot.

»Für mein Gefühl solltest du mal etwas Chinin zu dir nehmen«, meinte Mark.

»Sehr richtig«, stimmte Tubby zu, »das Zeug muß 'raus, mein Junge.«

Larry zuckte die Achseln. »Das ist kein Fieber«, sagte er, »sondern nur schlechte Laune. Wenn ich mit Louis gesprochen und entdeckt habe, wie die Sache steht, werde ich wieder liebenswürdiger sein.« Er nahm das Telegramm aus der Tasche und überflog es noch einmal. »Es kam vor drei Stunden hier an«, sagte er gereizt, »und wenn sie mit dem Wagen kommen, müßten sie doch schon hier sein. Diese dauernden Verzögerungen –«

»Reifenpanne«, sagte Mark. »Der einzige Wagen, der ohne Reifenpanne hierhergekommen ist, soll jetzt in einem Museum aufbewahrt werden.«

»Wenn du mich fragst, dann liegt's an der Zündung«, verkündete Tubby grinsend. »Während der Chauffeur die großartige Landschaft seiner Heimat bewunderte, sprang Louis Creet, der berüchtigte Taschendieb, aus dem Auto und klaute eine Zündkerze –«

Larry ging ungeduldig auf die Veranda hinaus, stützte sich auf das Geländer und starrte die Straße hinauf.

»Wenn der Gouverneur sich in Benguella aufhält«, sagte Mark, »sollten wir ihn morgen gleich aufsuchen. Die ganze Sache geht Larry auf die Nerven, Tubby, und je früher das alles geregelt ist, desto besser.«

Tubby nickte. »›Argwohn verdüstert edlen Charakter‹«, sagte er. »Das ganze Geschrei wegen Jacqueline ist für mich Quatsch.«

»So?« Mark zuckte die Achseln. »Ich hab' auch einen Brief bekommen, Tubby, und ich bin mir nicht so sicher. Hör zu.«

Er zog einen zerknüllten Brief aus der Tasche und glättete ihn.

›Gestern abend habe ich Jacqueline Thurston im Café de Paris gesehen. In Begleitung von eurem Freund Creet. In den letzten vierzehn Tagen habe ich die beiden mindestens ein halb dutzendmal zusammen gesehen. Sie scheinen ein Herz und eine Seele zu sein. Die Leute reden schon darüber –‹

Larry betrat das Zimmer. »Jetzt kommt ein Wagen«, verkündete er und hastete zur Tür hinaus.

11

Dr. Thurston fand die neunzig Kilometer lange Autofahrt von Benguella nach Lobito Bay ziemlich anstrengend. Er hatte vergeblich versucht, mit seiner Frau, mit Jacqueline und dann mit Louis Creet ein Gespräch zu beginnen, und er fragte sich, woran es wohl liegen mochte, daß die anderen so bedrückt waren.

Creet, im makellosen weißen Anzug, starrte grimmig vor sich hin. Während der ganzen Reise war er schon ziemlich mißmutig gewesen, und seit der Landung hatte sich seine Stimmung eher noch verschlechtert. Daran ist nur Jackie schuld, dachte der Doktor. Sie hatte Louis auf dem Schiff kaum beachtet.

Aber Creet war ja eigentlich auch zu alt für Jackie. Ganz zu schweigen von der kindischen Angst um seine Gesundheit. Louis schien davon überzeugt zu sein, daß er an irgendeiner gefährlichen Krankheit litt, aber er vermied es stets, sich einer Untersuchung zu unterziehen.

»Jetzt sind wir also tatsächlich in Afrika!« sagte Mrs. Thurston plötzlich. »Kaum zu glauben, nicht wahr?«

»Ja, Mutter«, bestätigte Jacqueline pflichtgemäß. Worauf Mrs. Thurston, die während der letzten zwei Stunden diese Bemerkung wiederholt von sich gegeben hatte, wieder verstummte.

Jacqueline dachte an Larry. Sie hatte beschlossen, Distanz zu bewahren und kühl zu bleiben, gewisse Schranken zwischen sich und Larry zu errichten, um ihm den Weg zur Wahrheit zu verbauen. Als der Wagen vor dem Hotel ›Da Silva‹ hielt, sah sie Larry auf sich zukommen, im nächsten Augenblick hielt er ihre Hände in den seinen. Sie lächelte ihn an und erwiderte seinen Blick ohne Scheu.

Sie bemerkte die anderen kaum. Nur Larry, der nach seiner alten Gewohnheit mit ihrem kleinen Finger spielte, war wirklich.

Er half ihr aus dem Auto, dann trat er ein paar Schritte zurück und betrachtete sie lächelnd.

»Ich will nur prüfen, inwieweit die Wirklichkeit mit dem Bild übereinstimmt, das ich die ganzen Monate jetzt mit mir herumgetragen habe.«

»Hab' ich mich verändert, Larry?«

Er nickte. »Allerdings.«

Creet nahm sie beim Arm und sagte: »Kommen Sie ins Haus. Sie dürfen nicht in der Sonne stehenbleiben.«

Sie wollte eben zum Haus gehen, als sie Larrys amüsierten Blick bemerkte. »Schon gut, Louis«, sagte sie. »Ich komme gleich nach. Ich möchte mich mit Larry unterhalten.«

»Das können Sie ebensogut im Haus tun«, meinte Creet, »und es wäre mir lieber –«

»Bitte, Louis. Larry und ich haben uns seit eineinhalb Jahren nicht mehr gesehen.«

»Das ist noch lange kein Grund, einen Hitzschlag zu riskieren«, erwiderte Creet ungeduldig. »Ich möchte doch –«

»Jackie ist neunzig Kilometer im offenen Wagen gefahren, Louis, also wird sie die nächsten fünf Minuten auch noch überstehen«, sagte Larry.

Louis runzelte die Stirn und zögerte. Dann zuckte er die Achseln und betrat das Hotel.

Larry lachte. »Er denkt ein bißchen spät an einen Hitzschlag. Er hätte sich etwas Besseres einfallen lassen sollen.«

Jacqueline hob die Schultern. »Louis macht immer furchtbar viel Umstände«, sagte sie, »aber er meint es gut, und es besteht gar kein Anlaß zur Gereiztheit, er war wirklich sehr nett – zu meinen Eltern. Ich meine, daß er ihnen diese Reise ermöglicht hat. Das muß ihn ein kleines Vermögen kosten.«

»Die Angelegenheit wird immer mysteriöser, Jackie.«

»Wieso?«

»Louis verschenkt nicht, er investiert. Ich möchte gern wissen, welchen Gewinn er sich erhofft.«

»Mutter brauchte eine Seereise, und Vater konnte das Geld nicht aufbringen. Wir konnten wirklich sehr froh sein, daß Louis einsprang.«

Larry lächelte. »An einem Mann, der zur Mutter eines anderen Menschen nett ist, muß ja auch etwas Gutes sein.«

Jacqueline runzelt die Stirn. »Was hast du eigentlich gegen Louis?«

»Im Augenblick nichts.«

»Diese Anspielungen sind aber dann doch wirklich nicht fair, oder? Immerhin war er sehr großzügig dir gegenüber. Er erzählte mir, daß er zweitausend Pfund gegeben habe, um dir diese Expedition zu ermöglichen –«

»Und dafür hat er einen Anteil von einem Viertel an einer Goldmine bekommen, die wahrscheinlich Millionen wert ist.«

»Aber er wußte doch nicht, ob du die Mine finden würdest. Du behauptest, daß er nur Geld investiert, wenn er sich einen beträchtlichen Gewinn verspricht, aber hier riskierte er zweitausend Pfund, ohne zu wissen –«

Larry schüttelte den Kopf. »Das ist nicht deine Überzeugung, Jackie. Du hast eben nie gut lügen gelernt. Ich weiß, warum Louis die zweitausend Pfund vorgeschossen hat, und du weißt es auch.«

»Soll das wieder eine Anspielung sein, Larry?«

»Hat Louis dich gebeten, seine Frau zu werden?« fragte er überraschend.

Sie lächelte. »Hältst du Louis für den geborenen Ehemann?«

»Ja oder nein?«

Sie schüttelte den Kopf.

»Verdammt!« sagte Larry.

Sie sah ihn erstaunt an. »Du hast gehofft, daß er mich das fragen würde?«

»Ich habe befürchtet, daß er es nicht tun würde«, meinte er. »Gehen wir hinein.«

Die anderen standen um den Tisch herum, auf dem Tubby die Kiste voll Erde gestellt hatte.

»Ich sage nur, Louis«, erklärte er, »daß man sich da schon wundern muß. Sie wissen doch, was ich meine, Mrs. Thurston, nicht wahr?«

»Es ist wirklich romantisch!« rief Mrs. Thurston.

»Genau«, sagte Tubby. »Da ist eine Kiste voll Erde, aber sie enthält – na endlich, Jackie! Jetzt kann ich ja wohl noch mal von vorn anfangen, nicht wahr?«

»Mit deinem Bericht über das Gold?«

»Soweit sind wir noch lange nicht«, meinte Mark. »Bis er fertig ist, hätten wir längst eine Probe aus der Mine geholt. Um es kurz zu machen, Louis, die Mine ist ungeheuer wertvoll.«

Louis nickte lächelnd. »Ich kann es noch gar nicht begreifen!« sagte er. »Zweifel sind wohl nicht möglich?«

»Nicht die geringsten«, versicherte ihm Tubby. »Wir haben Karten und Pläne und alles mögliche.«

»An einer Stelle besteht eine Fündigkeit von dreißig Prozent Gold. Dreißig Prozent!« fügte Mark hinzu.

»Unglaublich!« sagte Louis.

»Das kann man wohl sagen«, meinte Tubby. »Wir haben fünfundvierzig Kilo mitgebracht, und es wäre auch möglich gewesen, eine ganze Tonne herzuschaffen.«

»Fünfundvierzig Kilo?« Dr. Thurston runzelte die Stirn und begann zu rechnen. »Das sind ungefähr achttausend Pfund Sterling, Tubby –«

»Tatsächlich?« sagte Tubby fassungslos. »So genau haben wir das noch gar nicht berechnet.«

»Achttausend Pfund müßte stimmen«, sagte Louis.

»Mit anderen Worten, Louis«, bemerkte Larry, »wir haben das Vierfache dessen mitgebracht, was die ganze Expedition gekostet hat.«

Louis lächelte schwach. »Und ungefähr zehnmal soviel Gold, wie ohne Lizenz zulässig ist«, meinte er.

»Ist das im Gesetz vorgeschrieben?« fragte Mark.

Louis nickte. »Man darf ohne Lizenz suchen«, erklärte er, »aber nicht schürfen. Ich möchte euch raten, lieber nicht darüber zu reden, daß ihr Gold im Wert von achttausend Pfund mitgebracht habt. Wir schaffen das Gold nach Benguella, und ich nehme es mit nach Kapstadt.«

Larry fing Marks Blick auf und lächelte. »Du bist in den gesetzlichen Vorschriften ziemlich gut bewandert, Louis.«

»Allerdings«, erwiderte Creet zufrieden. »Ich gebe mich nie mit Vermutungen ab.« Er sah Larry amüsiert an. »Man muß immer genau wissen, was man tut, Larry.«

Tubby grinste. »›Vom Liftboy zum Millionär‹«, sagte er begeistert. »Unter uns Goldminendirektoren gesagt, Louis, von gesetzlichen Vorschriften verstehe ich überhaupt nichts.«

»Weil wir schon von Direktoren sprechen«, meinte Larry, »je eher wir vier uns zusammensetzen und alles besprechen, desto besser. Warum fangen wir nicht gleich damit an?«

»Es eilt doch überhaupt nicht«, wandte Louis ein. »Wir können auch morgen übers Geschäft sprechen. Wir haben eine sehr anstrengende Reise hinter uns.«

»Ach, Entschuldigung. Mark, Tubby und ich waren natürlich auf Rosen gebettet. Ich hatte die Strapazen einer Luxuskabine vergessen.«

»Unser Bungalow ist wirklich herrlich«, warf Mrs. Thurston ein. »Solange wir in Benguella bleiben, können wir dort wohnen, und ihr kommt alle mit. Ihr könnt dann morgen vormittag eure Geschäfte besprechen.«

»Und was ist mit dem Mittagessen?« fragte Dr. Thurston. »In Lobito Bay gibt es sicher etwas Besonderes, nicht wahr?«

»Allerdings, Doktor. Eier!« sagte Tubby.

Während der Rückfahrt nach Benguella war Jacqueline ebenso schweigsam wie am Vormittag. Sie hatte es vor allem vermieden, mit Larry allein sein zu müssen, indem sie behauptete, ihre Mutter bedürfe der Begleitung. Larrys amüsiertes Lächeln bewies ihr, daß er recht gut begriff, wie sie ihm auswich.

Nach dem Abendessen war sie Louis dankbar, daß er sich ans Klavier setzte und sie bat, etwas vorzusingen. Von Zeit zu Zeit warf sie einen Blick auf ihre Uhr, weil sie hoffte, sich nach ein paar Liedern entschuldigen und zu Bett gehen zu können.

Aber Larry stand plötzlich auf und trat zu ihr.

»Jetzt laß mal jemand anderen 'ran, Jackie«, sagte er. »Du hast genug geleistet.«

»Aber ich bin gar nicht müde, Larry –«

»Louis schon«, meinte Larry. »Er hat eine sehr anstrengende Reise hinter sich. Schau dir lieber mit mir den Garten an.« Er nahm sie beim Arm und führte sie hinaus.

Im Garten blieb sie stehen und sagte: »Larry, kannst du dir etwas Herrlicheres vorstellen?«

»Ja«, erwiderte er. »Piccadilly Circus beim Hauptverkehr. Aber darüber wollen wir jetzt nicht sprechen. Sag mir lieber, was mit dir los ist.«

»Was mit mir los ist?«

Er nickte. »Du bist ein anderer Mensch geworden.«

Jacqueline seufzte. »Ich habe nur etwas Kopfschmerzen, Larry, das ist alles.«

Er schüttelte den Kopf. »Das nehm' ich dir nicht ab«, sagte er. »Diese Ausrede ist ein bißchen altmodisch.«

»Aber ich hab' wirklich Kopfweh, Larry –«

»Soll ich dir eine Tablette holen?«

Sie schüttelte heftig den Kopf.

»Siehst du«, sagte Larry. »Wenn du wirklich Kopfweh hättest, könntest du den Kopf nicht so schütteln. Was ist eigentlich los?«

»Nichts, Larry. Was du dir immer einbildest.«

»Warum bist du dann so merkwürdig, Jackie? Das sieht dir gar nicht ähnlich. Seit heute morgen weichst du mir aus. Warum?«

Jacqueline zuckte die Achseln. »Wir haben uns schon so lange nicht mehr gesehen, Larry, und ich bin vielleicht ein bißchen verlegen.«

»Nein, Jackie, es ist etwas anderes. Du hast dich – verändert.« Er sah sie nachdenklich an. »Man kann es schwer erklären, aber irgendwie habe ich das Gefühl, als seien wir einander noch nicht richtig vorgestellt worden.«

»Nun, es ist alles – ziemlich seltsam, Larry. Nach so langer Zeit . . .«

»Nun ja, vielleicht habe ich zu viel erwartet«, meinte Larry. »Ich habe mich sehr auf diesen Tag gefreut, weißt du, und jetzt bin ich ein wenig ernüchtert. Du hast mich zum Beispiel nicht geküßt, und ich habe dich nicht darum gebeten, weil ich spüre, daß du das nicht willst. Es scheint also irgend etwas schiefgegangen zu sein –«

»Sei nicht albern, Larry«, meinte sie lachend. »Du sollst nicht immer versuchen, mich zu analysieren. – War eure Expedition sehr aufregend?«

»Ich verstehe«, sagte Larry ironisch. »Wir wollen um jeden Preis formell bleiben. O ja, es war ganz interessant, Mrs. Thurston, vielen Dank.«

»Laß den Unsinn, Larry! Wenn wir uns unbedingt streiten müssen, dann bitte möglichst schnell. Was hast du noch zu beanstanden?«

»Nun«, meinte Larry, »da du mich schon fragst, wirst du mir die Bemerkung verzeihen, daß du mir ziemlich teuer gekleidet zu sein scheinst. Hat dein Vater viel Geld verdient?«

»Also weißt du, Larry . . .« Sie verstummte wieder und fuhr dann fort: »Für eine so lange Reise braucht man eben eine anständige Garderobe.«

»Herrgott noch mal!« platzte Larry plötzlich heraus. »Es ist doch furchtbar, daß wir so miteinander reden, nicht wahr? Du hast doch nicht wieder an der Börse spekuliert und Geld verloren? Bist du deswegen beunruhigt?«

»Larry, rede dir nicht immer ein, daß ich Sorgen habe.«

»Ich brauche nur an deine Briefe zu denken«, sagte Larry. »Als ich nach Lobito Bay zurückkam, erhielt ich mehrere auf einmal. Es war sehr merkwürdig, wenn man sie der Reihe nach las. Sie wurden immer distanzierter.«

»Welche Art von Briefen hast du erwartet, Larry?«

»Ich weiß es nicht. Was erwartet man von einem Mädchen – mit dem man zwar nicht verlobt ist, das man aber gern hat? Hast du Louis auch Briefe geschrieben, Jackie?«

»Natürlich – oft.«

»Im selben Stil?«

»Über Verabredungen und ähnliches . . .«

»Er hat dich wohl viel ausgeführt, wie – Partys, Soupers und so weiter?«

»Allerdings, Larry. Louis war sehr liebenswürdig zu uns. Allein schon, daß er uns mit hierhergebracht hat –«

»Er konnte dich eben nicht entbehren, Jackie«, erwiderte Larry.

»Warum mußt du so reden?« fragte Jacqueline. »Louis –«

»Ach, Louis soll der Teufel holen!« rief Larry. »Sprechen wir doch nicht immer von ihm!«

»Dann liegt es also an Louis, daß du mich so – anders behandelst?«

»Erwartest du darauf wirklich eine Antwort?« Er schüttelte den Kopf. »Natürlich nicht. Hat Louis dich jemals geküßt?«

Sie war den Tränen nahe.

»Wirklich, Larry«, sagte sie wütend, »ich sehe nicht ein, warum ich mich hier von dir verhören lassen muß. Du hast überhaupt kein Recht –«

»Nein, natürlich nicht. Entschuldige«, sagte Larry.

»Du bist albern und unvernünftig!«

»Unvernünftig? Hör mal zu, Jackie. Ich habe die ganzen Monate sehr viel über dich nachgedacht. Im Urwald gab es weder Partys noch Tanzveranstaltungen. Es war nicht gerade furchtbar, aber auch nicht besonders schön, und man hatte sehr viel Zeit zum Nachdenken. Ich bekam auch ein paar Fieberanfälle, was sich natürlich ungünstig ausgewirkt hat – ich spekuliere nicht auf dein Mitgefühl, also brauchst du mich nicht anzusehen, als wäre ich ein tapferer, bedauernswerter Held. Ich möchte dir nur klarmachen, daß das alles ziemlich erschütternd für mich ist.«

»Aber was denn, Larry?«

Er legte seine Hände auf ihre Schultern und sah sie an.

»Deine Augen gefallen mir nicht«, sagte er.

Sie zwang sich dazu, seinen Blick zu erwidern.

»Was meinst du damit, Larry?«

»Ganz einfach: mir gefallen deine Augen nicht.« Er wandte sich plötzlich ab. »Weiß dein Vater Bescheid?«

»Was soll er wissen? Du tust immer so geheimnisvoll, ich weiß überhaupt nicht, worauf du hinaus willst.«

»So? Wirklich nicht?« unterbrach er sie bitter. »Er hat dich also auch noch zur Lügnerin gemacht, wie, Jackie?«

»Larry!« brauste sie auf. »Du hast kein Recht – ich denke gar nicht daran –«

Sie wollte gehen, aber er hielt sie fest.

»Hör zu«, sagte er scharf. »Wenn es sein muß, will ich es dir sagen. Die Augen einer Frau verraten genau, ob sie Bescheid weiß oder nicht.«

»Nun?«

»Du weißt Bescheid«, sagte er.

Sie riß sich los und rannte ins Haus.

Larry folgte ihr nicht. Erst eine halbe Stunde später betrat er den Bungalow. Dr. Thurston saß allein in einem Liegestuhl und rauchte.

»Alle sind schon zu Bett gegangen, Larry«, sagte er.

»Ich werde es ihnen gleichtun. Gute Nacht, Doktor.«

»Larry«, sagte Dr. Thurston plötzlich. »Ist irgend etwas nicht in Ordnung?«

»Wieso?«

»Zwischen Ihnen und Jackie?«

Larry runzelte die Stirn. »Wie kommen Sie darauf?«

»Sie kam mir ziemlich merkwürdig vor, als sie vorhin zu Bett ging, das ist alles. Ich will mich da nicht einmischen, aber als interessierter Zuschauer –«

»Hatten Sie den Eindruck, Doktor, daß sie sich vor Freude nicht zu fassen wußte, als sie mich wiedersah?«

Dr. Thurston stand auf und legte ihm die Hand auf die Schulter. »Sie dürfen nicht ungeduldig sein, Larry«, sagte er freundlich. »Sie ist eben in einem gewissen Alter, und da muß man allerhand Nachsicht üben.«

»Das habe ich getan.«

»Sie dürfen nicht vergessen«, fügte Dr. Thurston hinzu, »daß junge Mädchen heutzutage anders sind – weniger gefühlvoll, weniger überschwenglich und viel freier.«

»Ja, selbstverständlich – viel freier«, sagte Larry. »Gute Nacht, Doktor.«

12

Louis Creet erschien am nächsten Morgen nicht zum Frühstück. Mark meinte, Louis habe wohl seinen Morgentee getrunken, ohne das Fieberthermometer aus dem Mund zu nehmen, und jetzt müsse er im Bett bleiben, bis die Temperatur abgesunken sei.

»Was hast du für eine Theorie, Larry?« meinte er lachend.

»Überhaupt keine«, erwiderte Larry. »Man theoretisiert nicht über etwas, was man nicht kennt.«

Nach dem Frühstück bat er Mark und Tubby auf die Veranda hinaus.

»Bleibt bitte in der Nähe«, sagte er. »Die Sache muß ein für allemal geregelt werden, und wenn Louis auftaucht, werde ich ihn so lange festhalten, bis alles seine Ordnung hat. Und wenn er uns übers Ohr hauen will –«

»Warum sollte er denn das tun, um Himmels willen?« meinte Tubby. »Du hast überhaupt keinen Grund, so etwas anzunehmen!«

Larry lächelte. »Du kannst dich darauf verlassen, daß wir uns sehr vorsehen müssen. Deswegen möchte ich auch nicht, daß Louis etwas von dem Weg zur Goldmine erfährt, bevor alles unter Dach und Fach gebracht ist.«

»Er weiß schon Bescheid«, sagte Mark.

»Hast du es ihm gesagt?«

»Nein, ich war's«, erklärte Tubby. »Ich erzählte ihm gestern, wie wir die Mine gefunden haben. Ich erwähnte zufällig den Weg, und Louis war sehr interessiert daran –«

»Das kann ich mir vorstellen.«

»Louis hat ein Recht darauf, alles zu erfahren«, meinte Mark. »Er ist vollberechtigter Partner, und wenn wir verlangen, daß er ehrlich spielt, müssen wir es schon auch tun.«

Larry zuckte die Achseln. »Wenn man es mit einem Mann wie Louis Creet zu tun hat«, stellte er fest, »dann ist es immer ganz gut, etwas in der Hinterhand zu haben. Na ja, jetzt ist es zu spät.«

Nach einer Weile tauchte Creet auf. Sie fanden ihn im Eßzimmer beim Frühstück. Er lächelte schwach, als sie von der Veranda hereinkamen. »Na, Jungs –« sagte er freundlich, dann sprang er plötzlich auf, ergriff ein Buch und ließ es krachend auf die Tischplatte sausen.

»Macht doch um Himmels willen die Fenster zu!« schrie er. »Warum gibt es denn hier keine Fliegengitter?«

Larry hob das Buch auf und warf einen Blick auf das zerquetschte Insekt.

»Das ist gerade noch einmal gutgegangen, Louis«, sagte er. »Weißt du, was das ist?«

Louis räusperte sich nervös.

»Dieses Tier tötet nach ärztlicher Ansicht jährlich mehr Menschen als Masern, Keuchhusten und Blattern zusammen.«

»Was, zum Teufel, ist es?« fauchte Creet.

»Eine gewöhnliche Fliege«, erklärte Larry. »Du mußt sie doch auch in England schon gesehen haben.«

Louis war offensichtlich erleichtert. »Ihr könnt leicht lachen«, sagte er. »Aber hier muß man wirklich sehr vorsichtig sein.« Er setzte sich wieder an den Tisch. »Ich hoffe übrigens, daß ihr keine Infektion mit euch herumschleppt. Es wäre vielleicht besser, wenn ihr euch von Thurston untersuchen ließet.«

»Wir sind alle gebadet, entlaust und desinfiziert, Louis«, versicherte ihm Mark.

»Von uns hast du nichts zu befürchten, jedenfalls keine Infektion«, erklärte Larry trocken. »Wie wär's jetzt mit einer geschäftlichen Besprechung?«

»Es ist doch wirklich nicht nötig, daß wir etwas überhasten«, wandte Louis ein. »Ich frühstücke jetzt.«

»Du kannst ruhig weiteressen, während ich spreche«, meinte Larry. »Je früher wir das alles regeln, desto besser.« Er nahm sein Notizbuch aus der Tasche, zog ein zusammengefaltetes Blatt Papier heraus und warf es Louis auf den Tisch. »Das ist eine Aufstellung unserer Ausgaben. Auf der Bank liegen etwa noch dreihundert Pfund.«

Louis nickte, nahm einen goldenen Bleistift aus der Brusttasche und hakte die Zahlen ab.

»Schon gut«, sagte er. »Ich habe übrigens jeden Monat eine Aufstellung von der Bank bekommen.«

»Dann müssen noch einige Formalitäten erledigt werden«, sagte Larry.

Creet nickte. »Man muß bestimmte Papiere beim Gouverneur einreichen. Ich weiß Bescheid.«

»Louis weiß über alles Bescheid«, sagte Larry. »Die gesetzlichen Vorschriften kennt er fast auswendig – nicht wahr?«

Creet lächelte zufrieden. »Ich glaube nicht, daß mir da etwas passieren kann, Larry.«

»Er weiß zum Beispiel genau, wieviel Gold man ohne zureichende Lizenz mitnehmen kann.«

Tubby runzelte die Stirn. »Ich verstehe wirklich nicht, worauf du hinaus willst, Larry«, sagte er.

»Warte nur ab«, erwiderte Larry. »Wir wollen noch ein bißchen über die Formalitäten sprechen, wie, Louis?«

»Ihr könnt euch natürlich darauf verlassen«, sagte Creet, »daß ihr nicht zu kurz kommt. Ihr habt euch prima geschlagen, und ich bin – sehr stolz auf euch. Trotzdem, ich nehme an, daß ihr etwas mehr wollt als Ruhm, und ihr habt wirklich Anspruch darauf. Bargeld, wie, Tubby – Pfunde, Shillings und Pence?«

»Laß nur die Shillings und Pence, Louis«, meinte Larry. »Reden wir lieber über die Pfunde.«

»Ich will dir sagen, was ich vorhabe, Louis«, warf Tubby ein. »Ich möchte mir gern Ferrington Park kaufen. Kennst du das Gut? Etwa hundert Hektar und ein wunderschönes Haus – in der Nähe von Horsham.«

»Ferrington Park?« sagte Louis. »Ja, ich kenne es. Aber ich würde dir nicht raten, so etwas zu kaufen. Die Unterhaltskosten sind viel zu hoch. Aber das ist natürlich deine Sache. Was ist das für ein Schriftstück, Larry?«

Larry hatte ein mit Schreibmaschine geschriebenes Dokument aus der Tasche genommen und las es durch.

»Das ist meine kleine Formalität«, sagte er und gab das Schriftstück an Louis weiter. »Lies es.«

Louis überflog das Papier. Er runzelte die Stirn, und als er den Kopf wieder hob und Larry ansah, war der freundliche Gesichtsausdruck verschwunden.

»Was soll das heißen?« fragte er scharf.

»Du siehst doch, was das ist«, meinte Larry. »Es ist der Vertrag, den wir nicht mehr unterzeichnet haben, bevor wir England verließen. Jetzt müssen unsere mündlichen Vereinbarungen legalisiert werden. Ich habe mir das Dokument hier aufsetzen lassen. Es entspricht allen Bestimmungen.«

Louis warf nochmals einen Blick auf das Schriftstück und legte es dann auf den Tisch.

»Glaubt ihr wirklich, daß ich so etwas unterschreibe?«

»Was steht in dem Vertrag, Larry?« fragte Mark.

»Daß wir vier gleichberechtigte Partner hinsichtlich der Goldmine bei Chumbaziri sind«, erwiderte Larry. »Der Vertrag verpflichtet uns dazu, Louis alle Auslagen für die Expedition zurückzuerstatten, aber da wir ja schon mehr als genügend Gold in unserem Besitz haben, ist das nicht schwierig.«

»Das war die ursprüngliche Vereinbarung«, meinte Tubby. »Was steht in dem Vertrag sonst noch, Larry?«

»Sonst nichts, Tubby.«

Tubby runzelte die Stirn. »Aber Louis hat doch gesagt, er würde nicht unterschreiben.«

Larry lächelte grimmig. »So kam es mir auch vor, Tubby.«

»Aber wo ist denn dann der Haken, Louis?« fragte Tubby. »Wenn sonst nichts im Vertrag steht, dann begreife ich nicht –«

»Ihr müßtet euch von vornherein darüber im klaren sein«, unterbrach ihn Creet, »daß ich weder dieses Dokument noch irgendein anderes Dokument unterschreiben werde. Ich glaube fast, daß ihr euch falsche Vorstellungen über meine Absichten macht.«

»Die beiden schon«, warf Larry ein, »ich nicht.«

»Ich habe alles ganz deutlich klargelegt«, fuhr Creet gereizt fort. »Wenn ihr euch den Brief anseht, den ich Storman geschrieben habe, könnt ihr genau feststellen, womit ich mich einverstanden erklärt habe. Als du zu mir kamst und mir mitteiltest, daß es dir zweimal mißlungen sei, die Mine zu finden, erklärte ich mich bereit, eine weitere Expedition zu finanzieren und die Mitglieder des Suchtrupps durch monatliche Zahlungen zu entschädigen. Eine Teilung der Mine stand überhaupt nie zur Debatte.«

»Heiliger Himmel!« rief Tubby plötzlich. Creet richtete sich in seinem Stuhl auf und sah die drei an.

»Ihr scheint alle sehr überrascht zu sein«, meinte er. »Aber das ist mir unbegreiflich. Ich habe zweitausend Pfund riskiert und ihr? Überhaupt nichts!«

»Überhaupt nichts«, wiederholte Larry, »denn das dürfte der Marktpreis für unser Leben sein.«

»Blödsinn!« knurrte Louis. »Ich behaupte nicht, euch einen Ferienaufenthalt verschafft zu haben, aber ich habe euch Gelegenheit gegeben, interessante Erfahrungen zu sammeln, und jetzt bin ich durchaus bereit, euch anständig zu behandeln. Ich will euch genau sagen, was ich vorhabe. Wenn die Mine tatsächlich existiert und wertvoll ist, habe ich nichts dagegen, wenn ihr das Gold, das ihr mit hierhergebracht habt, unter euch aufteilt. Das ist zwar nicht ganz gesetzlich, aber zu dieser Konzession bin ich bereit. Das macht dann pro Mann etwas mehr als zweitausend Pfund.«

Mark erhob sich plötzlich. »Ist das dein Ernst, Louis?« fragte er.

»Selbstverständlich«, sagte Creet. »Was habt ihr denn eigentlich? Ich höre zum erstenmal, daß ihr von gleichen Anteilen sprecht. Ihr macht die ganze Geschichte ziemlich unangenehm –«

Tubby, dessen Gesicht sich gerötet hatte, ballte die Fäuste. »Mensch, Louis!« schrie er. »Und ich hab' dich noch verteidigt! Achtzehn Monate lang haben wir geschuftet, und jetzt willst du uns übers Ohr hauen! Versuch's nur. Leg uns aufs Kreuz – ich werde schon fertig mit dir!«

»Nur mit der Ruhe, Tubby!« sagte Larry. »Laß mich mal. Louis und ich sprechen die gleiche Sprache.«

Louis Creet stand auf und sagte unsicher: »Wenn ihr glaubt, daß ich mich beleidigen lasse –«

Larry trat auf ihn zu, packte ihn bei den Schultern und stieß ihn in seinen Stuhl zurück. Creet schoß das Blut ins Gesicht, aber er wehrte sich nicht.

»Jetzt hör mir mal zu, Louis«, sagte Larry ruhig. »Du bleibst hier und läßt dich von mir beleidigen. Wenn du einen Versuch machst, diesen Raum zu verlassen, bevor ich es dir erlaube, dann knall' ich dich nieder. Verstanden?«

Louis, der sich bemühte, seine Beherrschung wiederzugewinnen, schwieg. Larry schob ihm das Schriftstück hin.

»Unterschreib das, Louis«, sagte er. »Der Vertrag spricht dir einen Anteil von einem Viertel an unserer Mine zu, und auf mehr hast du nicht Anspruch.«

»Eure Mine?« meinte Creet verächtlich. »Das wollen wir erst mal sehen. Und wenn du glaubst, daß ich dumm genug bin, Tausende zu riskieren und dann den Gewinn abzugeben . . . Mach dich nicht lächerlich, Larry!«

Larry starrte ihn einige Augenblicke stumm an. »Möchtest du

vielleicht wissen, Louis, was dir passiert, wenn du dieses Dokument nicht unterschreibst?«

Creet zuckte zusammen. »Wenn das eine Drohung sein soll, Larry –«

»Es ist eine. Ich sage dir ganz offen, daß du diesen Vertrag unterschreiben mußt, wenn du deine restlichen paar Jährchen genießen möchtest.«

Creet wurde grau im Gesicht. Seine Augen wanderten hin und her. Er stand auf, ging zum Büfett, füllte ein Glas mit Whisky und trank es hastig aus. Der Alkohol schien ihm neuen Mut zu geben.

»Mein lieber Larry«, sagte er, »damit kommst du nicht durch. Selbst in einer so abgelegenen Gegend gelten die Gesetze, weißt du. Es ist zwar enttäuschend für dich, aber auf Mord steht auch hier eine nicht unerhebliche Strafe.«

»Dieses Risiko würde ich eingehen«, erklärte Larry. »Da ist das Schriftstück. Es ist in Portugiesisch und Englisch abgefaßt, und du kannst es zweimal unterschreiben.«

Louis schüttelte den Kopf. »Ich bin schon häufig bedroht worden, Larry, und ich lasse mich nicht leicht ins Bockshorn jagen. Die Mine gehört mir – mir, hört ihr?« wiederholte er rauh. »Wenn ihr glaubt, einen Anspruch zu haben, dann geht doch vor Gericht – hier – in Lissabon – in London – wo ihr wollt! Macht überhaupt, was ihr wollt. Ich habe euch nichts mehr zu sagen, und ihr könnt zum Teufel gehen – alle miteinander.«

Tubby konnte sich nicht mehr zurückhalten. »Creet«, sagte er, »das lasse ich mir nicht bieten.«

Er ballte die Faust und holte aus, aber Larry hielt seinen Arm fest.

»Bitte, Larry, laß mich los!«

Larry schüttelte den Kopf. »Wir finden schon einen besseren Weg, Tubby. Laß ihn gehen.«

Und Louis Creet, der sich bemühte, nicht zu laufen, verließ das Zimmer.

13

Tubby fand als erster die Sprache wieder.

»Ja, Himmel noch mal, Larry«, rief er, »das kann er doch nicht tun.«

Larry lächelte. »Nicht?«

»Aber das würde er doch nie tun«, meinte Tubby. »Du hast ihn in Wut gebracht, und er hat jetzt allerhand gesagt, was er gar nicht so meint.«

»Ich glaube, ich muß Larry recht geben«, sagte Mark. »Aber das nehmen wir nicht so einfach hin, Larry, oder?«

»Ich habe alles getan, was möglich war«, erwiderte Larry. »Ich habe heute morgen bei der entsprechenden Behörde einen Proforma-Anspruch angemeldet. Das weiß Louis noch nicht. Aber wenn er vor Gericht geht oder gegen unsere Anmeldung Einspruch erhebt, haben wir nicht die geringste Chance.«

Larry schlenderte zum Fenster, zündete sich eine Zigarette an und starrte nachdenklich in den Garten hinaus.

»Ich sehe nur eine einzige Möglichkeit für uns, zu unserem Anteil an der Mine zu gelangen«, erklärte er, »und sie besteht darin, daß Louis Creet plötzlich schwer krank wird und stirbt. Dann wäre alles klar. Wir haben die Mine gefunden, sie registrieren lassen, und niemand könnte uns etwas nehmen. Aber gerade Leute wie Louis leben bekanntlich recht lange, und es hat überhaupt keinen Zweck, Unsinn zu reden.«

Tubby stand auf und ging im Zimmer hin und her.

»Ich Idiot habe Bunty telegrafiert, und wenn ich ihr nun mitteilen muß, daß alles nicht wahr ist – das bring' ich nicht fertig, Larry. Ich sag's dir ganz offen.«

»Besteht irgendein Grund zum Optimismus, Larry, aus der Tatsache heraus, daß er so ein Getue um seine Gesundheit macht?« fragte Mark.

Larry schüttelte den Kopf. »Louis kann neunzig werden, Mark, das steht fest. Aber das ist ja alles Quatsch, was wir da reden.«

»So?« rief Tubby. »Ich sag' dir ganz ehrlich, daß ich keine Skrupel mehr habe, wenn er uns wirklich übers Ohr haut. Ich hab' alles für diese Expedition eingesetzt – du glaubst doch wohl nicht, daß Bunty von den paar Pfund gelebt hat, die ich von Louis bekam, oder? Ich hab' das Haus mit Hypotheken belastet und alles andere verpfändet. Wenn ich jetzt mit leeren Händen heimkommen müßte und alles von vorne anfinge, weil Louis nicht ehrlich spielen will, ich – ich – bin zu allem fähig.«

Larry nickte. »Ich auch, Tubby«, sagte er. »Aber wir müssen versuchen, ruhig zu bleiben. Ihr seid sicher der Meinung, daß mich an dieser Sache auch eine gewisse Schuld trifft, nicht wahr?«

»Red kein dummes Zeug«, sagte Tubby.

»Doch, es stimmt, Tubby. Ihr habt das Gefühl, daß alles in Ordnung gegangen wäre, wenn ich Louis nicht auf die Palme gebracht hätte. Aber ihr täuscht euch. Das alles wäre auf jeden Fall passiert. Ich hatte das ungute Gefühl, Mr. Louis Creet recht gut zu kennen. Und wenn man sich auf das Schlimmste vorbereitet, hat man meistens recht.«

»Wenn er uns zehn Prozent angeboten hätte«, meinte Mark, »fünf Prozent – irgend etwas –«

»Paßt mal auf«, unterbrach sie Tubby plötzlich. »Ich sag' euch was. Ich kann nicht glauben, daß Louis wirklich so gemein ist, wie wir jetzt glauben. Ich meine, er weiß doch, wie es mit uns steht, und wenn wir uns ruhig mit ihm unterhalten – ich will mal versuchen, was sich machen läßt, nicht wahr?«

Er ging zur Tür.

»Immerhin hat er doch meinen Kindern zu Weihnachten Spielzeug geschickt – ihr versteht schon?«

»Bitte, versuch es ruhig«, sagte Larry, und Tubby ging hinaus.

Larry lächelte. »Ich persönlich werde mal versuchen, mich richtig zu besaufen, Mark«, sagte er. »Das nützt mindestens ebensoviel.«

Es war ein ärgerlicher Tag für Mrs. Thurston. Jacqueline blieb fast den ganzen Tag im Bett, ohne einen besonderen Grund anzugeben, und als sie schließlich aufstand, sprach sie mit keinem Menschen ein Wort.

Selbst Louis, der gewöhnlich kaum aus der Ruhe zu bringen war, schien schlechter Stimmung. Tubby, Mark und Larry schlichen mit düsteren Gesichtern herum und rauchten stumm eine Zigarette nach der anderen.

Man hatte die Mahlzeiten miteinander in so bedrückter Stimmung eingenommen, daß Mrs. Thurston sich alles andere als wohl fühlte. Und jetzt, an diesem Abend, mußte Dr. Thurston ausgerechnet sein Stethoskop vermissen und darauf bestehen, jedes einzelne Gepäckstück zu durchsuchen und den Inhalt im ganzen Schlafzimmer zu verstreuen.

»Ich muß es finden, meine Liebe«, erklärte er, auf dem Boden kniend, »ich habe Louis versprochen, ihn heute abend genau zu untersuchen.«

»Wieder?« seufzte Mrs. Thurston. »Die ganze Mühe ist umsonst, John, weil er im letzten Augenblick doch wieder einen Rückzieher macht.«

»Wahrscheinlich«, stimmte ihr Mann zu, »aber als medizinischer Berater mit einem Honorar von fünfhundert Pfund jährlich empfiehlt es sich doch, das Stethoskop zur Hand zu haben, falls er es sich anders überlegt. – Was ist eigentlich mit Jackie los?«

»Ich habe keine Ahnung, John«, erwiderte Mrs. Thurston. »Sie benimmt sich sehr seltsam, aber mir erzählt sie nichts: Und dabei liegt es nicht nur an Jackie. Was haben sie eigentlich alle? Jeder ist deprimiert und nervös, und das kann gar nicht an der Hitze liegen, weil Larry, Mark und Tubby sich sicher inzwischen daran gewöhnt haben.«

Dr. Thurston zuckte die Achseln. »Ich habe mich nicht erkundigt, weil es mich nichts angeht«, sagte er, »aber ich glaube, daß es mit Louis einen Zusammenstoß gegeben hat wegen der Mine. Die Sache scheint anders zu verlaufen, als die drei sich das vorgestellt haben.«

»Aber die Mine ist doch sehr viel Geld wert, John, oder nicht?«

»Ich denke schon, und man hätte eigentlich annehmen können, daß mehr als genug für alle da ist. Aber es scheint Ärger zu geben.«

»Ich finde es jedenfalls sehr bedauerlich«, seufzte Mrs. Thurston, »daß man keine Goldmine finden kann, ohne sich in die Haare zu geraten – laß mich doch suchen, John, du bringst alles durcheinander –«

»Da ist es ja –«, sagte Dr. Thurston und zog das Stethoskop unter einer Bluse hervor. »Und jetzt wollen wir Mark und Tubby ein bißchen aufheitern. Die beiden starren das Mobiliar im Wohnzimmer mit finsteren Blicken an.«

Sie gingen hinüber. Mark saß in einem Liegestuhl und blies Zigarettenrauch zur Decke, als hätte er mit ihr eine persönliche Rechnung zu begleichen. Tubby stand vor dem Klavier und betrachtete die Tasten, als hätten sie ihm eine nicht mehr gutzumachende Beleidigung zugefügt.

Dr. Thurston betrachtete die beiden mit amüsiertem Lächeln. »So wirkt sich plötzlicher Reichtum auf den Mittelstand aus«, sagte er zu seiner Frau. »Sie machen ein Gesicht, als hätten sie ein Vermögen verloren. Wir sollten eigentlich froh darüber sein, daß wir keine Goldmine entdeckt haben.«

Tubby machte ein Schafsgesicht und verzog den Mund zu einem Lächeln. »Sehen Sie, Mrs. Thurston«, sagte er, »es ist nicht alles so rosig, wie wir uns das gedacht haben. Wir sind nämlich –«

»Wir sind deswegen so bedrückt«, unterbrach ihn Mark, wobei er ihm einen warnenden Blick zuwarf, »weil wir nicht wissen, was mir mit dem vielen Geld anfangen sollen. Tubby wachsen graue Haare, weil er sich nicht entscheiden kann, ob er ein Krankenhaus bauen oder sich eine Villa in der Park Lane kaufen soll. So oder so hat er Angst, man könnte ihn vielleicht in den Adelsstand erheben. Wissen Sie eigentlich, was Larry treibt, Doktor?«

»Er ist vor etwa einer halben Stunde weggegangen«, erwiderte Mrs. Thurston. »Ich weiß nicht, was er plötzlich hatte, aber er sprang auf und verließ das Zimmer, wobei er allerhand unverständliches Zeug vor sich hin murmelte. Die Sprache hat er wohl im Urwald gelernt?«

Mark schüttelte den Kopf. »Da täuschen Sie sich, Mrs. Thurston«, meinte er. »Larry spricht nur Englisch.«

»So? Nun ja, er fragte mich, wo Jacqueline sei, und als ich es ihm sagte, sprang er plötzlich auf –«

»Wo ist Jacqueline übrigens?« fragte Tubby. »Sie hat doch versprochen, uns heute abend vorzusingen.«

»Sie ist weggegangen«, erklärte Mrs. Thurston.

»Hoffentlich nicht allein«, meinte der Arzt. »Aus dem Gefängnis sind nämlich ein paar Banditen entflohen, und vor ein paar Stunden kam ein Polizeibeamter, um uns zu warnen. Wohin ist sie gegangen?«

»Zu dem Tanz – mit Louis, also brauchen wir uns keine Sorgen zu machen.«

Dr. Thurston hob die Brauen. »Ein Tanz – hier?«

»Na ja, ein Tanzfest der Eingeborenen«, erklärte Mrs. Thurston. »Ich habe nicht genau aufgepaßt, John. Louis wollte Jacqueline das eben alles zeigen.«

Dr. Thurston runzelte die Stirn. »Weißt du, um welche Art von Tanz es sich da handelt?«

»Nein, John, eben nicht«, erwiderte Mrs. Thurston. »Er dauert wahrscheinlich die ganze Nacht, aber ich habe Louis gebeten, Jacqueline spätestens um elf zurückzubringen. Er sagte, glaube ich, daß der Tanz zu Ehren irgendeines Ju – Ju – heißt es so, Mark?«

Mark nickte und zog die Brauen zusammen.

»Er heißt – laß mich mal nachdenken«, fuhr Mrs. Thurston fort. »Kann M'bugulu stimmen?«

»Was!« Mark richtete sich plötzlich auf.

»Ich bin sicher, daß es so ähnlich heißt, Mark.«

»M'bugulu? Und Louis hat Jacqueline dort hingeführt?«

»Ja, warum denn nicht?« wollte Thurston wissen.

»Lieber Himmel, Doktor – das ist ja das Letzte!« sagte Tubby. »Kein anständiger Mensch würde eine Frau dorthin –«

»Aber ich hatte keine Ahnung ...«, begann Mrs. Thurston hilflos.

»Wir können nur annehmen, daß Louis nicht Bescheid wußte«, unterbrach sie ihr Mann. »Aber wenn es so schlimm ist, wie Sie sagen, Tubby ...«

»Man kann sich nichts Schlimmeres vorstellen«, sagte Mark, »das dürfen Sie mir glauben.«

»Da gibt's nur eins«, meinte Dr. Thurston. »Ich muß sie zurückholen.«

Er ging zur Tür. Mark und Tubby folgten ihm. Aber plötzlich wurde sie aufgerissen, und Larry zerrte Jacqueline herein und schloß die Tür hinter sich, dann ließ er das Mädchen los. »Larry – was bildest du dir eigentlich ein!« fauchte sie ihn an.

Larry zuckte die Achseln. »Ich gebe zu, daß ich mich nicht gerade vornehm benommen habe, Jacqueline«, sagte er. »Es ging eben nicht anders.«

»Du hattes überhaupt kein Recht –«

»Ah doch, Jackie – wenn du nicht mitgekommen wärst, hätte ich dich einfach weggetragen.«

»Was ist eigentlich los, Jackie?« fragte Dr. Thurston.

»Ich verstehe, daß Jacqueline beleidigt ist, Doktor«, sagte Larry, »aber es gab keine andere Möglichkeit. Sie wollte nicht gehen, als ich sie darum bat –«

»Deswegen mußtest du mich vor allen Leuten mit Gewalt fortschleppen«, unterbrach ihn Jacqueline, »als wäre ich dein Eigentum.«

»Ich bin sicher, daß Larry gute Gründe dafür gehabt hat«, begann Mrs. Thurston.

»Bitte misch dich nicht ein, Mutter«, sagte Jacqueline, »du bist nicht dabeigewesen. Larry hat Louis vor allen portugiesischen Offizieren beleidigt, und das, nachdem Louis so großzügig zu uns war –«

»Großzügig!« rief Tubby. »Heiliger Strohsack!«

»Halt den Mund, Tubby!« knurrte Mark.

»Beruhige dich, Jackie!« sagte Dr. Thurston. »Du mußt schon fair sein. Larry hat nur das Beste gewollt.«

»Larry hat überhaupt kein Recht, sich einzumischen«, erklärte Jacqueline zornig. »Ein Eingeborenentanz – er hatte noch nicht einmal angefangen.«

»Gott sei Dank«, meinte Larry. Er sah Mark und Tubby an. »M'bugulu«, sagte er.

Mark nickte. »Das ist nicht gerade die richtige Unterhaltung, Jackie«, bemerkte er. »Du konntest natürlich nicht wissen –«

»Ich weiß jedenfalls, daß Larry mich lächerlich gemacht hat, Mark. Er zerrte mich einfach vor allen Leuten davon –«

»Ich habe dich gebeten, mitzukommen«, sagte Larry.

»Warum auch? Louis war dabei.«

»Das war nur ein Grund mehr.«

»Wissen Sie, Larry«, meinte Mrs. Thurston, »so etwas sollten Sie nicht sagen. Louis ahnte sicher nicht, daß der Tanz . . .«

»Es ist ein Fruchtbarkeitstanz«, sagte Larry zu Dr. Thurston.

Der Arzt nickte und runzelte die Stirn. »Dann darfst du Larry nicht übelnehmen, daß er dich dort weggeholt hat, Jackie«, sagte er.

»Gleichgültig, was das für ein Tanz ist«, sagte Mrs. Thurston, »ich bin davon überzeugt, daß Louis Jacqueline nie mitgenommen hätte, wenn er gewußt hätte, was sie erwartet. Dafür ist er zu sehr Gentleman.«

Tubby konnte sich nicht mehr zurückhalten. »Gentleman! Heiliger Strohsack!« rief er.

»Halt den Mund, Tubby, und benimm dich«, fuhr Larry dazwischen.

Aber mit Tubbys Beherrschung war es zu Ende. »Gentleman!« brauste er auf. »Sie nennen Louis Creet einen Gentleman!«

»Tubby«, sagte Larry ruhig, »wenn du den Mund nicht hältst, gibt es Stunk!«

Aber Tubby kümmerte sich nicht um ihn. »Sie halten ihn also für einen Gentleman, wie, Mrs. Thurston? Und du auch, Jackie?

Ihr könnt nicht glauben, daß er gemein genug ist, dich zu einer so scheußlichen Veranstaltung mitzunehmen, obwohl er genau wußte, was da vor sich geht, wie? Aber laßt euch von mir sagen, daß ein Mann, der es fertigbringt, sein Wort zu brechen und seine Partner übers Ohr zu hauen, die ihm die Arbeit abgenommen haben . . .«

Jacqueline drehte sich um und sah Larry an. »Larry, ist – ist das wahr?«

Larry zuckte die Achseln. »Im Mittelalter hätte man Tubby die Zunge abgeschnitten. Er ist ein richtiges Waschweib.«

»Du hast meine Frage nicht beantwortet. Ist es wahr?«

»Jawohl, es ist wahr«, sagte Tubby. »Larry ist zu anständig, um damit herauszurücken, aber ich nicht. Mir wird übel, wenn ich sehe, wie sich Louis als Wohltäter aufspielt. Ihr haltet ihn alle für einen netten, lieben, großzügigen Menschen, dabei ist er nichts anderes als ein hundsgemeiner Schwindler. Wir kamen als vollberechtigte Partner hierher, und jetzt sind wir nichts als kleine Angestellte. Achtzehn Monate Arbeit – achtzehn Monate Strapazen –, und jetzt bekommen wir nicht einmal das sprichwörtliche Butterbrot. Das ist euer Louis!«

Dr. Thurston warf Larry einen Blick zu. »Es ist also wahr, Larry?«

Larry nickte. »Nachdem Tubby schon alles ausgeplaudert hat, ist es sinnlos, irgend etwas abzustreiten«, sagte er. »Louis hat jedem von uns einen Anteil von einem Viertel an der Goldmine versprochen. Jetzt will er auf einmal nichts mehr davon wissen, und wir sollen überhaupt nichts bekommen.«

»Ich kann das von Louis kaum glauben«, sagte Dr. Thurston.

»Aber ihr habt doch gewiß einen Vertrag, Larry?« fragte Jacqueline.

Er schüttelte den Kopf. »Nur eine mündliche Vereinbarung, Jakkie«, erwiderte er.

»Aber wenn die Mine so reich ist, wie Sie sagen, Larry«, warf Dr. Thurston dazwischen, »dann müßte doch genug für alle da sein?«

»Es reicht für zwanzig, ja für hundert Leute«, erklärte Tubby, »aber Louis ist anderer Meinung. Er will alles für sich behalten, und wir können zum Teufel gehen.«

»Das ist alles recht bedauerlich«, begann Dr. Thurston verlegen.

»Es besteht kein Anlaß, daß Sie sich aufregen, Doktor«, stellte Larry fest. »Es tut mir außerordentlich leid, daß Sie überhaupt davon erfahren haben, aber Tubby kann sich eben nicht beherrschen.«

»Das ist scheußliches Pech für euch.«

»Wir haben noch nicht aufgegeben«, erklärte Larry. »Übrigens haben Sie, Doktor, Ihre Frau und Jackie nichts damit zu tun, und es ist vielleicht peinlich für Sie, wenn wir hierbleiben. Wir können sehr gern ins Hotel –«

»Lassen Sie diesen Unsinn, Larry«, knurrte Dr. Thurston. Wenn Sie ins Hotel ziehen, gehen wir auch mit.«

»Und bitte kein Wort zu Louis, Doktor.«

Dr. Thurston zuckte die Achseln. »Wie Sie wünschen«, sagte er, »aber ich würde ihm liebend gern sagen, was ich von ihm halte.« Er wandte sich seiner Frau zu. »Aber jetzt ins Bett, meine Liebe. Komm, Jackie, du hast genug Unruhe gestiftet, und Larry wird froh sein, wenn du aufgehoben bist. Gute Nacht.«

Er verließ mit Mrs. Thurston das Zimmer. Jackie zögerte. Sie ging zur Tür und drehte sich dort noch einmal um. »Gute Nacht, Tubby. Gute Nacht, Mark!«

»Gute Nacht, Jackie.«

Mark warf sich wieder in den Liegestuhl und starrte zur Decke empor. Tubby begann wieder auf dem Klavier herumzuhacken. Jacqueline legte eine Hand auf Larrys Arm.

»Larry, es tut mir wirklich leid«, sagte sie.

Er lächelte. »Wir sind noch nicht erledigt, Jackie. Irgendwie werde ich Louis schon noch etwas aus der Tasche ziehen.«

»Ich habe eigentlich nicht – aber es tut mir auch leid, Larry«, sagte sie und eilte hinaus.

Als sich die Tür hinter ihr geschlossen hatte, meinte Mark: »Wo ist unser gemeinsamer Freund, Larry?«

»Er lief wütend im Dorf herum«, sagte Larry achselzuckend. »Er drohte mir, mich verhaften zu lassen, jetzt ist er wahrscheinlich zur Polizeistation gegangen.«

»Hast du ihm wenigstens eine geknallt?«

Larry schüttelte den Kopf.

»Hm! Bedauerlich.«

»Sonst hätte ich ihn wahrscheinlich umgebracht.«

»Ja«, sagte Mark.

»Ich bin müde«, verkündete Tubby plötzlich.

Mark stand auf. »Ich auch«, sagte er. »Gute Nacht, Larry!«

Larry nickte und setzte sich ans Klavier. »Und hör hübsch zu in deinem Bettchen, Tubby«, sagte er. »Ich spiele dir dein Lieblingslied vor.«

14

Bevor Mark und Tubby die Tür erreicht hatten, öffnete sie sich, und Louis kam herein. Er blieb stehen, als er die beiden sah, und ließ den Blick wütend von einem zum anderen wandern. Er hatte die Fäuste geballt, seine Lippen waren zusammengepreßt, die Stirnadern geschwollen. Als Larry mit großer Lautstärke zu spielen begann, ging Louis mit schnellen Schritten zum Klavier. Larry sah nicht auf.

»Zwei zu eins bisher, Tubby«, sagte er.

»Was?«

»Das Verhältnis der richtigen Noten zu den falschen«, meinte Larry. »Vielleicht wäre es ganz gut, Tubby, wenn du beim Anfang mitpfeifen würdest.«

»Larry!« schrie Louis wütend.

Larry hob den Kopf. »Na, Louis! Hast du dir alles angesehen? Nicht übel, was?«

Louis zwang sich mit größter Anstrengung zur Ruhe. »Ich kann nur sagen, daß du dich wie ein übler Prolet aufgeführt hast.«

Larry lächelte.

»Und Jacqueline ist mit mir einer Meinung.«

»War«, korrigierte Larry. »Sie hat ihre Meinung inzwischen geändert, Louis. Vielleicht hält sie sogar jetzt dich für einen üblen Proleten. Sie würde nämlich gern erfahren, ob du nicht wußtest, was der M'bugulu ist oder ob er deinem Geschmack besonders entspricht. Nun, Louis?«

»Das ist meine Sache«, fauchte Louis. »Ich habe dir gegenüber keine Rechenschaft abzulegen, und ich lasse mir von dir auch nicht ins Handwerk pfuschen. Ich mache, was mir paßt.«

Larry zuckte die Achseln. »Ich hätte jedenfalls gedacht, daß der M'bugulu sogar für dich ein bißchen des Guten zuviel bringt. Jedenfalls kann man zu so einer Vorstellung Jacqueline nicht mitnehmen.«

»Allerdings«, stimmte Tubby zu. »Du konntest natürlich nicht Bescheid wissen, Louis, aber ich hab' den Tanz gesehen, und er ist wirklich scheußlich.«

Louis drehte sich um und sah ihn an. »Wenn ich deine Meinung hören will, dann sage ich es schon«, knurrte er. »Ich spreche nicht mit dir, sondern mit Larry, und ich sage dir zum letztenmal, Larry, daß ich von deinen Unverschämtheiten genug habe. Deine Angebereien passen vielleicht in den Urwald, aber bei mir erreichst du damit nichts. Jetzt ist endgültig Schluß.«

Er fuhr wieder herum und starrte die beiden anderen an.

»Jetzt ist endgültig Schluß«, wiederholte er heiser. »Ich wollte euch anständig behandeln – sogar Larry, der mich als Schwindler und Betrüger bezeichnet. Aber jetzt mache ich euch nicht mehr das geringste Zugeständnis. Wenn es euch nicht paßt, dann könnt ihr euch bei Mr. Larry Deans bedanken.«

Tubby ballte die rechte Faust und trat auf Louis zu, aber als Larry schnell aufstand, blieb er stehen.

»Schon gut, Tubby«, sagte Larry. »Louis war nie bereit, Zugeständnisse zu machen. Er benützt nur die Gelegenheit, sich aus der Sache herauszuwinden. Ich persönlich will keine Zugeständnisse. Almosen nehme ich nicht an.«

»Ich bin zwar in Geldsachen nicht besonders kleinlich«, erklärte Mark, »aber von einem Schwindler lasse ich mir nichts schenken.«

»Ich verlange nur mein Recht«, fügte Larry hinzu, »und ob du freiwillig damit herausrückst, Louis, oder ob ich mir das, was mir zusteht, mit Gewalt nehmen muß, ist mir gleichgültig. Mark und Tubby sind der gleichen Ansicht.«

»Ich verstehe«, sagte Louis. »Dann hört mir mal alle zu. Ihr habt Gold im Wert von achttausend Pfund mitgebracht, nicht wahr? Gut, morgen früh werdet ihr das Gold in meinem Namen bei der zuständigen Behörde hinterlegen. Habt ihr jetzt verstanden? In meinem Namen – jedes Gramm.«

»Das soll doch –« begann Tubby.

»Und wenn ihr das Gold nicht abliefert oder abzuhauen versucht«, fügte Louis hinzu, »lasse ich euch verhaften. Ich werde euch schon zeigen, wer hier der Herr ist. Und damit ist die Sache für mich erledigt.«

Er ließ sich in einen Sessel fallen, zündete sich eine Zigarre an und begann Zeitung zu lesen. Tubby marschierte durchs Zimmer und blieb neben ihm stehen.

»Hör mal zu, Louis«, sagte er. »Wir wollen ja nicht unvernünftig sein, aber so kannst du uns nicht behandeln.«

»Ich bezahle euch einen Monat Gehalt und die Schiffsreise zurück nach England, aber keinen Penny mehr«, sagte Louis, ohne aufzusehen. »Ihr könnt euch noch glücklich schätzen, wenn ihr das bekommt. Im übrigen steht es euch ja frei, zum Gericht zu gehen. Das wird euch ein hübsches Sümmchen kosten, aber das ist ja eure Sache.«

Er stand auf, warf die Zeitung auf den Stuhl und schlenderte zur Tür. Aber Tubby versperrte ihm den Weg.

»Paß mal auf, Louis«, erklärte er heiser, »so kommst du nicht davon. Du verläßt dieses Zimmer nicht, bevor du versprochen hast –«

Louis hob die Hand. »Nur keinen dramatischen Auftritt, bitte, Tubby«, meinte er. »Das Ganze ist mir äußerst unangenehm, und ich gebe zu, daß ich zum größten Teil selbst schuld bin. Ich habe euch von Anfang an viel zu anständig behandelt, und statt daß ihr mir nun dankbar seid –«

»Dankbar!« schrie Tubby. »Dankbar! Heiliger Strohsack!«

»Ich bin viel zu gut zu euch gewesen – das ist mir inzwischen klargeworden«, fuhr Louis fort, »ihr habt Geld von mir bekommen, ich habe mich um deine Angehörigen gekümmert –«

Tubbys Faust schoß nach vorn, aber Larry trat wieder dazwischen und hielt Tubby zurück.

»Nur mit der Ruhe, Tubby«, sagte er. »Verschwinde und überlasse Louis mir.«

»Das ist doch wohl die Höhe!« krächzte Tubby. »Dieser Gauner –«

»Ich weiß«, meinte Larry beruhigend. »Aber verschwinde jetzt. Nimm ihn mit, Mark. Ich habe Louis einiges zu sagen.«

Mark öffnete die Tür. »Na, komm schon, Tubby!«

Tubby zuckte die Achseln und verließ das Zimmer.

»Ich habe keine Lust, mir dein Geschwätz anzuhören«, meinte Louis. »Für mich ist die ganze Sache erledigt. Ich werde morgen früh einen Anwalt verständigen und alles den gesetzlichen Vorschriften entsprechend regeln lassen. Wenn du glaubst, einen Anspruch auf die Mine erheben zu können, nur weil ich dir zweitausend Pfund zur Finanzierung der Expedition gegeben habe – na bitte, dann versuch's mal.«

Larry lächelte. »Wir wollen einmal etwas klarstellen, Louis«, meinte er. »Du hast zweitausend Pfund zur Verfügung gestellt, das streite ich nicht ab. Es geht hier nur darum, warum du das getan hast.«

»Das interessiert mich alles nicht, Larry.«

»Du hast das Geld zur Verfügung gestellt«, fuhr Larry fort, »weil du mich dadurch aus dem Weg räumen konntest.«

»Und was hat das alles mit der Goldmine zu tun?«

»Wir sprechen im Augenblick nicht darüber«, erwiderte Larry. »Das alles hat nichts damit zu tun. Es geht um Jacqueline.«

»Wenn du glaubst, daß ich mich mit dir über Jacqueline unterhalte –«, sagte Louis.

»Ich erwarte, daß du mir zuhörst«, antwortete Larry kalt. »Du wußtest, daß wir verlobt waren?«

»Ich hatte keine Ahnung.«

»Du wußtest ganz genau, daß ich mit ihr so gut wie verlobt war, das wußte jeder. Ich möchte wissen, was passiert ist, während ich hier in Afrika war.«

Louis lächelte. »Warum fragst du das mich?«

»Weil du der einzige bist, der mir das sagen kann. Du hast sie doch überallhin ausgeführt. Wie weit ist das gegangen? Aber eigentlich brauche ich dich das nicht zu fragen.«

»Man kann wohl nichts dagegen einwenden, wenn zwei erwachsene Menschen miteinander ausgehen. Übrigens hast du überhaupt kein Recht, dich hier einzumischen.«

»Ich diskutiere nicht, Louis«, unterbrach ihn Larry. »Ich sage dir nur ganz klar und deutlich, daß du Jackie in Ruhe zu lassen hast.«

»Weil du immer noch hoffst, sie heiraten zu können? Du bist immer ein Optimist gewesen, mein Lieber.«

»Nein, nicht weil ich hoffe, sie heiraten zu können«, erklärte Larry, »sondern weil eines Tages irgendein anständiger Mann daherkommen könnte, der eine weniger raffinierte Frau erwartet, als die Mädchen es sind, die mit dir zu tun gehabt haben.«

Louis zwang sich zu einem Lächeln. »Du bist ausgesprochen kindisch, Larry.«

»Ich habe ein gutes Gedächtnis«, erwiderte Larry. »Ich kann mich da an einige Fälle erinnern –«

Louis warf einen Blick auf seine Uhr. »Das ist ja alles recht interessant«, sagte er und ging zur Tür, »aber es wird spät. Ich muß auf meine Gesundheit achten, und wenn du mir nichts mehr zu sagen hast, möchte ich zu Bett gehen.«

»Ich erkläre dir noch einmal, daß du Jacqueline keinen weiteren Unterricht erteilen wirst.«

»Ich weiß nicht, wovon du redest, Larry. Du bist wohl zuviel in der Sonne gewesen.«

»Wenn du nicht Schluß damit machst«, fügte Larry hinzu, »werde ich dafür sorgen.«

15

Am nächsten Morgen nach dem Frühstück nahm Jacqueline Larry beim Arm und zog ihn in den Garten hinaus. Louis machte ein finsteres Gesicht, und Jackie lächelte. Sie empfand es als kleinen Trost, daß sie in der Lage war, Louis wenigstens gelegentlich zu ärgern.

Als man sie vom Bungalow aus nicht mehr sehen konnte, blieb Jacqueline stehen.

»Na – du Bösewicht?« sagte sie lachend.

»Fühlst du dich heute besser, Jackie?« fragte Larry. »Offensichtlich. Das ist das erste wirkliche Lachen, seit du hier bist. Hat sich zur Abwechslung etwas Angenehmes ereignet?«

»Ich habe mir gestern nacht alle meine Sünden eingestanden, Larry, und da fühlt man sich immer besser, nicht wahr?«

»Ich weiß es nicht, Jackie. Ich habe es noch nie versucht.«

Sie lächelte. »Eine der Sünden war, daß ich gestern abend sehr gemein zu dir gewesen bin. Aber in einer Hinsicht tut es mir nicht leid. Tubby hätte sonst nichts von Louis und der Goldmine erzählt und ich wohl nie etwas davon erfahren. Du bist sehr eigensinnig, Larry. Du hättest das für dich behalten und mich in dem Glauben gelassen, daß Louis ein Gentleman ist.«

»War das deine Meinung?«

Sie wich der Frage aus. »Aber selbst wenn ihr keinen schriftlichen Vertrag habt, Larry, kannst du euren Anspruch doch irgendwie unter Beweis stellen, oder etwa nicht?«

»Ich wäre froh, wenn ich eine Möglichkeit wüßte«, erwiderte er. »Mark und Tubby sind mir nicht ganz grün, wenn sie es auch verbergen wollen. Sie glauben, daß wir zu unserem Anteil gekommen wären, wenn ich Louis etwas liebenswürdiger behandelt hätte. Aber ich konnte nicht anders.«

Sie nickte nachdenklich. »Und du kannst ihn auf keine Weise zwingen? Gestern abend hast du doch gesagt, daß ihr noch nicht erledigt seid.«

»Das war Bluff«, unterbrach er sie. »Tubby nimmt das Ganze ziemlich schwer, und ich bringe es einfach nicht fertig, ihm die volle Wahrheit zu sagen. Aber Louis hat uns tatsächlich übers Ohr gehauen. Er telegrafiert heute einem Rechtsanwalt, und wenn einmal ein Jurist mit der Sache befaßt ist, haben wir keine Chance mehr.«

Er lächelte. »Komisch, Jackie, nicht war, wie uns das Schicksal manches vor die Nase hält und dann schnell wieder wegzieht?«

»Kopf hoch, Larry!« sagte Jacqueline lachend. »Es wird sich schon noch was ergeben.«

»Jawohl, es gibt ja genügend Sprichwörter dafür«, unterbrach sie Larry. »›Silberstreifen am Horizont‹, ›Es wird alles wieder gut‹ und so weiter. Vielen Dank, Jackie, du hast mir ungeheuer viel Mut gemacht. Ich denke, ich werde mich jetzt schön langsam besaufen.«

Sie sah ihn besorgt an, erstaunt und verletzt durch diese plötzliche Bitterkeit.

»Larry, wenn ich nur irgend etwas tun könnte!«

»Warum du?«

Sie zuckte die Achseln. »Ist es nicht natürlich, daß ich etwas tun will?«

»Ich habe das eigentlich alles ein bißchen anders gesehen«, meinte Larry, »aber wenn du uns wirklich helfen willst, könntest du es ja bei Louis mit ein paar Platitüden versuchen. ›Ehrlich währt am längsten‹ und so. Wenn du es ihm sagst, wird er sicher zuhören. Dein Einfluß ist ja nicht unbeachtlich.«

Er steckte die Hände in die Taschen und starrte auf den Boden. »Komisch, nicht wahr?« sagte er. »Ich hätte jeden Betrag gewettet, daß du nicht zu dieser Sorte gehörst.«

»Zu welcher Sorte, Larry?«

»Zu den Drückebergern«, erwiderte Larry.

Sie warf ihm einen Blick zu, aber er sah sie nicht an. Sie seufzte und ging langsam zum Haus zurück.

Louis, der allein auf der Veranda saß, machte immer noch ein grimmiges Gesicht. Als er sie herankommen sah, zog er die Brauen noch mehr zusammen. Sie blieb auf der Veranda stehen und sah ihn kühl an.

»Was ist los, Louis?« fragte sie. »Sie sehen aus, als hätte die Börse zugemacht.«

»Was haben Sie zu Larry gesagt?« fragte er.

Jacqueline lächelte. Es war also nicht nur Eifersucht, er hatte Angst vor Larry.

»Was haben Sie ihm über – uns erzählt?« fragte Louis.

»Was hätte ich ihm denn erzählen sollen?«

»Nun, man weiß nie«, meinte Louis. »Ich möchte keinen Ärger mit ihm bekommen. Er würde eine furchtbare Szene machen, wenn er – etwas ahnte. Hat er Sie denn etwas gefragt?«

Sie nickte. »Er hat mich gefragt, ob ich auf der Reise seekrank geworden bin.«

»Hat er Ihnen den Eindruck gemacht, daß er – nun – einen Verdacht hat – daß er sich Sorgen macht?«

»O ja, Louis, ich bin sicher, daß er sich Sorgen macht – über mich.«

Er sah sie nervös an.

»Er findet, daß ich mich verändert habe. Er meint, meine Augen seien anders geworden.«

»Hm! Ich weiß nicht, was er damit meint. Immerhin, solange er keine Beweise hat, ist es gleichgültig, was er denkt. Trotzdem wäre es besser, wenn Sie sich möglichst wenig mit ihm abgeben würden, Jackie. Hat er über mich etwas gesagt?«

»Nichts Überraschendes, Louis.«

»So? Was denn?«

»Nur, daß Sie ihn und seine beiden Freunde betrügen wollen.«

Louis schoß das Blut ins Gesicht. Er umklammerte die Stuhllehne. Dann lachte er kurz auf.

»So? Hat er das gesagt?«

Sie nickte. »Ist es wahr?«

»Traurig, daß Sie mich das fragen, Jackie«, erwiderte Louis gekränkt. »Sie wissen nicht, wie sehr Sie mir damit weh tun.«

»Ist es wahr, Louis?«

»Selbstverständlich nicht«, entgegnete er gereizt. »Das ist eben typisch für Larry Deans – er stellt irgendeine beleidigende Behauptung auf, weil ich ihm nicht eine Million Pfund schenke. Wenn er so weitermacht, werde ich ihn wegen Verleumdung verklagen.«

»Wieviel bekommt Larry eigentlich aus dem Ertrag der Goldmine, Louis?«

»Er bekommt das, was ihm zusteht. Ebenso die anderen. Mischen Sie sich da nicht ein, Jacqueline. Es betrifft Sie nicht. Es ist nur eine Sache zwischen mir und den anderen, und ich werde selbst damit fertig.«

»Larry behauptet, daß jedem ein Viertel zustünde.«

»Larry lügt. Anspruch haben sie auf überhaupt nichts.«

»Und soviel werden sie wahrscheinlich auch bekommen.«

Louis zuckte die Achseln. »Ich will nicht mit Ihnen darüber diskutieren, Jackie. Sie können mir glauben, daß ich Larry und seinen Freunden das zahlen werde, was ihnen gebührt.«

»Kann ich das?«

»Selbstverständlich. Die Leute reden allerhand über mich, Jakkie, aber keiner kann mit Recht behaupten, daß ich mein Wort gebrochen oder meine Schulden nicht bezahlt hätte.«

»Sie haben auch Monty Carr nicht bezahlt.«

»Meine liebe Jackie, ich habe Ihnen schon x-mal erklärt, daß Sie sich verhört haben müssen. Ich versprach Ihnen, daß Monty Carr nicht auf die Zahlung drängen wird, solange –«

»Versuchen Sie sich doch nicht immer herauszureden«, sagte Jacqueline wütend. »Sie haben einen Handel mit mir gemacht und sich geweigert, Ihrer Verpflichtung nachzukommen, und ich bezweifle nicht im geringsten, daß Sie bei Larry und den beiden anderen dasselbe tun wollen. Aber jedesmal klappt so etwas nicht, und diesmal kommen Sie nicht davon.«

»Aber Jacqueline, beruhigen Sie sich doch.«

»Ich werde Ihnen etwas sagen, Louis. Sie tun genau das, was ich Ihnen vorschreibe.«

Er starrte sie fassungslos an.

»Sie werden mir Ihr Wort geben ... Nein, das genügt nicht ganz, Sie werden einen schriftlichen Vertrag aufsetzen, wonach Larry, Mark, Tubby und Ihnen je ein Viertel der Mine zusteht, und Sie werden ihn noch heute unterschreiben. Dazu zwinge ich Sie.«

Louis lächelte. »Sie zwingen mich, Jackie?«

Sie nickte. »Entweder tun Sie, was ich sage, oder ich sage Larry – alles.«

Louis' Lächeln wurde breiter.

»Sie glauben, ich werde das nicht wagen?« fragte Jackie.

Er zuckte die Achseln. »Larry dürfte kaum sehr begeistert sein, wenn Sie ihm – alles erzählen«, meinte er trocken. »Er ist ein bißchen penibel – er wird Ihnen nicht so ohne weiteres verzeihen.«

»Damit rechne ich gar nicht. Ich denke in diesem Augenblick nicht an mich. Das können Sie nicht verstehen, wie? Ich denke an Larry.«

»Nehmen wir einmal an, Sie brächten es fertig, Larry alles zu sagen. Was, glauben Sie, könnte er dann tun?«

»Ich weiß, wovor Sie Angst haben, Louis. Sie befürchten, daß er Sie umbringen könnte. Aber das wird er wohl nicht tun, leider. Aber auf jeden Fall würde er Sie so verprügeln, daß Sie nicht mehr stehen können. Ich gäbe viel dafür, wenn ich das selbst fertigbrächte.«

Louis' Augen glitten ruhelos hin und her. »Das bezweifle ich nicht, Jackie«, sagte er. »Ich glaube Ihnen auch, daß Larry sich wie ein Bandit aufführen würde, aber er wird wohl keine Gelegenheit dazu finden. Sie sind enttäuscht, daß Larry nicht der reiche Mann werden wird, den Sie sich erhofft haben, weil damit Ihre Pläne durchkreuzt sind. Ihre Enttäuschung verleitet Sie zur Unbesonnenheit, und Sie haben ein paar Dinge übersehen. Angenommen, Sie erzählen Larry alles, und weiter angenommen, daß er das tut, was Sie erhoffen. Was dann? Larry hat immer noch nicht seinen Anteil, und Sie befinden sich in keiner besseren Lage als vorher.«

Jacqueline runzelte die Stirn. »Meine Situation spielt hier keine Rolle, Louis, das habe ich Ihnen schon gesagt.«

»Dann reden wir eben von der Situation Ihres Vaters. In ein paar Tagen kehren wir nach England zurück, und was immer Sie auch Larry gesagt haben mögen, so sind Sie Monty Carr tausend Pfund schuldig. Sie stehen also immer noch vor der Alternative, entweder zu bezahlen oder sich an Ihren Vater zu wenden. Wenn Sie natürlich damit einverstanden sind –«

»Ich diskutiere nicht«, unterbrach sie ihn. »Wollen Sie Ihr Versprechen Larry und den anderen gegenüber halten und den Vertrag unterschreiben oder nicht?«

Louis überlegte ein paar Augenblicke. Plötzlich richtete er sich auf.

»Wenn Larry Sie zu all dem angestiftet hat, Jackie –«

»Larry weiß überhaupt nichts davon.«

»Ich lasse mich weder von Larry noch von irgend jemand anderem zu etwas zwingen. Ich unterschreibe keinen Vertrag, und Sie können Larry sagen, was Sie wollen. Wenn mir Larry Unannehmlichkeiten macht, dann werde ich schon mit ihm fertig.«

Sie zuckte die Achseln. »Ist das Ihr letztes Wort, Louis?«

»Ich möchte nur noch das eine sagen«, erwiderte er. »Ich habe Ihnen versprochen, daß Monty Carr stillhalten wird, solange Sie vernünftig sind. Ich betone, solange Sie vernünftig sind, Jackie.«

»Nun?«

»Ich möchte nur darauf hinweisen, daß ich Ihr Benehmen nicht für vernünftig halte. Sie sind mir während der ganzen Seereise aus dem Weg gegangen, und ich glaube, daß ich kaum fünf Minuten mit Ihnen allein gewesen bin. Ich bin immer noch sehr in Sie verliebt –«

»Um Himmels willen, Louis, lassen Sie diesen Unsinn!«

Creet preßte die Lippen zusammen. »Na, schön«, sagte er. »Ich werde also meine Gefühle für mich behalten. Aber vergessen Sie eines nicht. Ich habe Sie nicht mitgenommen, damit Sie mich zum Narren halten. In der Zukunft müssen Sie schon etwas nachgiebiger sein als bisher. Sie wissen, was ich meine. Und wenn Sie nicht vernünftig sein wollen ...«

»Was ist dann?«

Louis stand lächelnd auf. »Sie werden es sein – schon um Ihres Vaters willen«, sagte er und ging ins Haus.

16

Während des Mittagessens erwies sich Jacqueline als äußerst gesprächig. Ihre Wangen waren gerötet, ihre Augen schienen lebendiger. Wenn sie Louis einen Blick zuwarf, zog sie verächtlich die Mundwinkel nach unten.

Dr. Thurston, dem die Veränderung an Jacqueline sofort auffiel, runzelte die Stirn. Er hatte seine Tochter noch nie so nervös gesehen.

Nach dem Essen zog er sie beiseite. »Fühlst du dich nicht wohl, Jackie?«

»Ich habe ein bißchen Kopfschmerzen«, erwiderte sie schnell.

Er nickte. »Tubby hat sich einen Wagen besorgt«, erklärte er, »und er will uns ein bißchen spazierenfahren. Ich würde dir aber raten, dich lieber hinzulegen.«

»Ja, das wird wohl besser sein, Vater.«

Sie ging in ihr Zimmer, setzte sich auf einen Stuhl und zündete eine Zigarette an. Eine halbe Stunde später sah sie Tubby und Mark mit ihren Eltern wegfahren. Als kurze Zeit später auch Larry fortging, stand sie auf, warf einen Blick in den Spiegel, puderte sich die Nase und begann dann, nach Louis zu suchen.

Sie fand ihn im Wohnzimmer. Er las in einem Buch und hob den Kopf, als sie hereinkam.

»Haben die Kopfschmerzen nachgelassen?« fragte er mit liebenswürdigem Lächeln.

»Ja, es geht mir wieder besser, Louis, danke.«

Er betrachtete sie anerkennend. »Sie sehen großartig aus«, sagte er, »Sie sind mir doch nicht mehr böse, Jackie? Ich war heute früh sehr unhöflich, aber das dürfen Sie mir nicht übelnehmen. Ich habe mir Sorgen gemacht, und daraus dürfte sich meine Gereiztheit erklären.«

»Sie sind nicht gerade sehr – nett gewesen, Louis. Ich habe es auf die Hitze geschoben.«

»Seit ich hier bin, habe ich nichts als Ärger«, fuhr er fort. »Vor allem mit der Mine ... Aber wir haben das alles bald hinter uns. Am nächsten Mittwoch geht ein Schiff, und bis dahin hoffe ich, hier alles geregelt zu haben.«

»Larry wird es bedauern, daß er überhaupt nach Afrika gefahren ist«, sagte Jacqueline plötzlich. »Viele Monate anstrengender Arbeit, und jetzt muß er mit leeren Händen nach England zurück.«

Louis runzelte die Stirn. »Larry wird nicht nach England gehen«, sagte er scharf.

»Aber er hat mir gestern gesagt –«

»Er darf sich dort gar nicht zeigen, weil er bis zu den Ohren in Schulden steckt. Ich konnte seine Gläubiger nur mit der Versicherung hinhalten, daß er bald ein reicher Mann sein würde.«

»Obwohl Sie wußten, daß das nicht zutraf?«

Er zuckte die Achseln. »Ich will Ihnen nur klarmachen, daß Sie mit Larrys Anwesenheit in England nicht rechnen dürfen.« Er nahm ihre Hand. »Hören Sie zu, Jackie. Larry ist nichts für Sie.

Ich weiß, daß Sie immer zu ihm gehalten haben, und das muß man bewundern, aber inzwischen dürften Sie doch gemerkt haben, daß er das gar nicht wert ist.«

Er verstummte und sah sie forschend an.

»Weiter, Louis«, sagte sie.

»Und Sie müssen mir glauben, daß ich Sie wirklich sehr gern habe. Wenn wir in England sind, richte ich eine hübsche, kleine Wohnung für Sie ein, wo Sie völlig unabhängig sind. Wir können die Möbel gemeinsam aussuchen.«

»Und was ist mit Ihrer Frau, Louis?« fragte sie.

Er zog die Brauen zusammen. »Glücklicherweise brauchen wir darüber nicht –«

»Ich fürchte doch. Sie haben mir in England erklärt, daß Sie in eine Scheidung einwilligen würden. Wie steht es damit?«

Louis wich ihrem Blick aus. »Das hängt nicht von mir ab«, erwiderte er. »Es wäre mir natürlich lieber, meine Freiheit wiederzubekommen, aber ich kann meine Frau schließlich nicht zwingen, sich scheiden zu lassen.«

»Nein, vermutlich nicht«, stimmte Jacqueline zu. »Aber ich bin sicher, daß Sie alles getan haben, um sie dazu zu bringen.«

Er warf ihr einen hastigen Blick zu, aber an ihrem Gesichtsausdruck konnte er nicht erkennen, was sie dachte.

»Sie begreifen gar nicht, wie schwierig das alles ist, Jackie«, erklärte er. »Meine Frau will sich schon aus religiösen Gründen nicht scheiden lassen. Ich hoffe aber, daß sie schließlich zur Vernunft kommen wird.«

Jacqueline lachte auf. »Verzeihung«, sagte sie. »Ich konnte einfach nicht anders. In Wirklichkeit haben Sie doch Angst davor, daß sich Ihre Frau scheiden läßt!«

»Das ist nicht wahr«, erwiderte Creet gereizt. »Sobald sie in eine Trennung einwilligt –«

»Werden Sie sich ein wirklich nettes Mädchen suchen und sie heiraten.«

Er nickte. »Sie«, sagte er.

»Nicht mich, Louis. Ich bin kein nettes Mädchen, und ich mag Sie auch nicht.«

Louis hob ungeduldig die Hand. »Wir brauchen jetzt darüber überhaupt nicht zu diskutieren«, meinte er. »Vom Heiraten kann erst die Rede sein, wenn die Scheidung durchgeführt worden ist, und in der Zwischenzeit –«

»In der Zwischenzeit«, unterbrach sie ihn, »erwarten Sie von mir, daß ich ein schäbiges kleines Verhältnis weiterführe – daß ich es nicht wagen kann, meinem Vater in die Augen zu sehen, weil ich mich vor mir selber schämen muß.«

Louis seufzte. »Heutzutage macht man doch kein Getue um solche Dinge. Wenn Sie es vom richtigen Standpunkt aus betrachten, kann ich mich weit besser um Sie kümmern als Larry, und es gibt nichts, was ich nicht für Sie tun würde, damit Sie glücklich sind.«

»Ist das Ihr Ernst?«

»Aber selbstverständlich.«

»Nun, vielleicht gebe ich Ihnen die Möglichkeit.«

Er sah überrascht auf. »Es ist doch alles in Ordnung, Jackie, wie? Ich meine, Sie machen sich sicherlich keine Sorgen?«

»Doch. Sie erinnern sich an den Abend auf dem Schiff, als das Maskenfest stattfand? Ich machte mir schon damals Gedanken, weil ich noch nie zuvor ohnmächtig geworden bin. Daddy meinte, daß es auf die Hitze zurückzuführen sei, und Sie pflichteten ihm bei, also ließ ich es dabei bewenden. Ich war mir damals nämlich auch noch nicht sicher.«

»Auf der Schiffsreise hierher? Vor fünf Wochen? Aber Sie haben nichts gesagt – ich hatte keine Ahnung – warum sind Sie nicht zu mir gekommen?«

Sie zuckte die Achseln.

»Ausgerechnet!« platzte Louis heraus. »Ich würde weiß Gott was geben, wenn das nicht passiert wäre. Hat Ihre Mutter – glauben Sie . . .«

Jacqueline schüttelte den Kopf. »Bis jetzt – noch niemand.«

Louis atmete erleichtert auf. »Sie können sich auf mich verlassen.«

»Ich hoffe es.«

»Mir fällt schon etwas ein.«

»Ich wüßte nicht, was einem da einfallen sollte«, meinte Jacqueline. »Normalerweise wird in solchen Fällen geheiratet.«

»Meine liebe Jackie«, begann Louis ungeduldig, »ich habe doch schon erklärt –«

»Daß wir nicht heiraten können, bis die Scheidung durchgeführt ist. Das ist mir auch klar. Aber da muß man sich eben bemühen, nicht wahr?«

»Ja – natürlich. Aber ich habe die Schwierigkeiten bereits erwähnt, und außerdem nimmt das auf alle Fälle Zeit in Anspruch. In der Zwischenzeit müssen Sie mir vertrauen.«

»Ich kann nicht.«

»Aber –«

»Ich kann Ihnen nicht vertrauen«, wiederholte sie. »Ich habe es auch gar nicht vor. Mit Geld ist auch eine Scheidung leichter zu bewerkstelligen.«

»Nur keine Aufregung, Jackie –«

»O doch«, sagte Jacqueline. »Entweder telegrafieren Sie Ihrem Anwalt und lassen die Scheidungsklage einreichen, oder ich mache den größten Skandal, den Sie sich vorstellen können.«

»Das hat überhaupt keinen Zweck«, antwortete Louis. »Bevor ich nicht in England mit meiner Frau gesprochen habe, ist es sinnlos, irgend etwas zu unternehmen.«

»Also kein Telegramm?«

»Nein.«

»Nun gut«, sagte Jacqueline. »Dann unterschreiben Sie eine Erklärung, daß Sie –«

»Ich unterschreibe nichts«, unterbrach sie Creet wütend. »Ich gebe nichts zu. Woher soll ich wissen, ob Sie überhaupt –«

»Wollen Sie oder wollen Sie nicht?«

»Ich lehne es grundsätzlich ab –«, begann Creet, aber plötzlich verstummte er. Er starrte auf Jacquelines rechte Hand. Sie hielt einen Revolver.

»Jackie – um Gottes willen – wenn das Ding geladen ist . . .«

»Diesmal bluffe ich nicht, Louis«, sagte sie ruhig. »Der Revolver ist geladen.«

»Jackie – hören Sie zu! Sie haben mich mißverstanden. Ich lasse Sie doch nicht im Stich.«

»Nur nicht nervös werden, Louis«, unterbrach sie ihn mit einem verächtlichen Lächeln. »Ich habe Vater einen Brief geschrieben und ihm alles erzählt, was seit jenem Abend geschehen ist, als Monty Carr diesen hübschen kleinen Kartentrick vorführte. Sie hatten das wohl mit ihm verabredet, nicht wahr? Gleichgültig. Wenn Sie nicht tun, was ich verlange, dann sehe ich keinen anderen Ausweg mehr.«

»Jackie – hören Sie zu«, flehte Creet. »Ich lasse Sie nicht im Stich, aber Sie müssen mir Zeit zum Überlegen geben.«

Jacqueline lächelte. »Gut, ich warte – wenn es nicht zu lange dauert.«

Er zündete sich eine Zigarette an und ging im Zimmer hin und her. Plötzlich drehte er sich um. »Ich verstehe, was das alles zu bedeuten hat«, sagte er. »Larry steckt dahinter, nicht wahr?«

Sie zuckte die Achseln.

»Sie hassen mich Larrys wegen«, fuhr er fort. »Nun, ich gebe zu, daß ich vielleicht nicht immer ehrlich gespielt habe. Weder mit Ihnen noch mit ihm. Sie haben ihn immer noch sehr gern, nicht wahr?«

Jacqueline schwieg, und Louis fuhr fort: »Larry ist mir keineswegs unsympathisch. Wahrscheinlich hat er Sie sehr gern. Warum – sprechen Sie nicht mit ihm?«

»Worüber, Louis?«

Louis begann wieder im Zimmer hin und her zu gehen. »Ich weiß nicht genau, wieviel Larry in England schuldet. Vielleicht sechs- oder siebentausend Pfund. Sagen wir, zehntausend. Das ist viel Geld, aber ich bin nicht kleinlich, wenn ich Ihnen damit helfen kann. Falls Larry vernünftig ist, bin ich bereit, das alles zu bereinigen.«

Jacqueline runzelte die Stirn. »Was meinen Sie mit ›vernünftig‹?«

»Sie könnten auf alle Fälle mit ihm sprechen und herausfinden, wie er darüber denkt. Auf Sie hört er doch mehr als auf mich. Wenn die Mine so wertvoll ist, wie er mir versichert, brauche ich mir wegen eines Betrages von zehntausend Pfund keine grauen Haare wachsen zu lassen.«

»Was haben Larrys Schulden mit mir zu tun?«

Er trat zu ihr und legte ihr die Hand auf den Arm. »Es ist ziemlich schwer für mich, Jackie«, erklärte er. »Ich habe Sie wirklich sehr gern und hoffe – aber lassen wir das. Ich darf jetzt nicht an mich denken. Aber es ist nicht leicht, Sie aufzugeben, Sie einem andern zu überlassen.«

»Ich verstehe«, unterbrach ihn Jacqueline. »Sie wollen mir also einen Mann suchen. Ist das nicht ein bißchen altmodisch?«

»Wenn Sie Larry immer noch gern haben, scheint mir das die einzig richtige Möglichkeit zu sein. Es wird mir zwar weh tun, aber man muß zuerst an Sie und an Ihre Eltern denken.«

»Wir wollen das klarstellen, Louis«, meinte Jacqueline. »Sie gedenken Larrys Schulden unter der Bedingung zu bezahlen, daß er mich heiratet. Stimmt das?«

Er nickte.

»Aber das ist doch nicht alles, Louis, oder? Da gibt es doch noch immer Monty Carr. Wenn Larry und ich verheiratet sind, wünschen wir nicht, daß Monty Carr uns ständig wegen der tausend Pfund belästigt.«

»Ich werde auf jeden Fall dafür sorgen –«

»Ich habe Ihnen schon gesagt, daß ich Ihnen nicht traue. Wenn Sie mich loswerden wollen –«

»Aber das ist doch Unsinn!« rief Creet gereizt. »Ich möchte doch nur, daß Sie gesichert sind.«

»Dann müssen Sie mich auch vor Monty Carr schützen. Mit anderen Worten, ich verlange einen Scheck über tausend Pfund.«

Louis zögerte. »Und woher weiß ich –«

»Keine Angst, ich habe nicht die Absicht, Sie zu erpressen.«

Er hob die Brauen.

»O nein, das ist keine Erpressung, Louis. Ich verlange lediglich von Ihnen, daß Sie eine Schuld bezahlen, deren Begleichung Sie mir schon lange versprochen haben.«

Louis schien einige Augenblicke unentschlossen, dann zuckte er die Achseln.

»Ich telegrafiere nach London und lasse den Betrag auf Ihr Konto einzahlen.«

Er verließ das Zimmer. Jacqueline ließ sich in einen Sessel fallen und schlug die Hände vors Gesicht.

Sie war frei. Immer wieder sagte sie sich das vor. Louis war froh, sie loszuwerden – und sie war frei. Frei von Louis, von Monty Carr, von der ständigen Angst. Sie dachte an Larry und an Larrys Augen.

Sie spürte eine Berührung an ihrer Schulter. Als sie aufsah, stand Larry neben ihr.

17

Larrys Gesicht war sehr ernst. Sie sah lächelnd zu ihm auf.

»Larry! Ich dachte, du wärst fortgegangen.«

»Nur für ein paar Minuten«, erwiderte er. »Die übrige Zeit saß ich da draußen – auf der Veranda. Es ist also ziemlich schlimm, wie, Jackie?«

Sie bedeckte wieder ihr Gesicht mit den Händen. »Wieviel hast du gehört, Larry?«

»Oh, allerhand. Bei Creet darf man nicht zimperlich sein.«

»Dann weißt du also auch . . .«

»Daß Louis deinen guten Namen auf besonders einfallsreiche

Art bewahren will. In Wirklichkeit bist du feige, Jackie, nicht wahr? Warum hast du ihn nicht niedergeknallt? Du bist doch nicht wirklich der Meinung, daß er dir beistehen wird, oder?«

»Es gibt auch gar keinen Grund, warum er es tun sollte, Larry. Glücklicherweise brauche ich – diesen Schutz nicht.«

»Es ist also nicht wahr, was du Louis gegenüber angedeutet hast?«

»Nein.«

»Ich verstehe«, sagte Larry. »Gott sei Dank. Da ist alles ein bißchen leichter. Aber es hätte stimmen können, nicht wahr?«

»Nimm mich bitte jetzt nicht noch ins Kreuzverhör, Larry.«

»Schon gut. Außerdem war die Frage überflüssig. Ohne Grund wäre Louis niemals darauf hereingefallen. Du hast dich schön 'rumkriegen lassen. Schade, daß du kein Junge bist.«

Sie sah ihn überrascht an.

»Dann könnte ich dich wenigstens tüchtig verprügeln«, sagte er mit zusammengebissenen Zähnen. »Louis Creet! Und ich dachte die ganze Zeit –«

»Larry – bitte!« sagte sie leise. »Du kannst mir keinen Vorwurf machen, den ich mir nicht schon Hunderte und Tausende Male selbst gemacht habe.«

»Entschuldige«, meinte Larry. »Aber das alles paßt so gar nicht zu dir.«

Jacqueline seufzte. »Ich weiß nicht, was ich dir sagen soll, Larry«, erwiderte sie. »Ich habe die ganze Zeit gehofft, daß du es nicht erfahren würdest. Ich wollte es verschweigen. Aber irgendwie . . .«

»Ist nicht alles nach Plan gegangen?«

Sie schüttelte den Kopf. »Du bist der einzige Mensch, den ich nicht belügen kann.«

Larry grinste. »Ganz gut, daß wir nicht verheiratet sind, Jakkie«, erklärte er. »Dabei hast du einen so guten Lehrer gehabt. Wie ist das alles angegangen – mit Geld? Du brauchst es mir nicht zu sagen.«

»Das Geld hatte eine Menge damit zu tun«, sagte Jacqueline. »Nachdem du England verlassen hattest und niemand mehr auf mich aufpaßte, bin ich ziemlich leichtsinnig geworden. Ich verbrauchte immer mehr Geld, die Rechnungen häuften sich, und ich konnte Vater einfach nicht um Geld bitten. Schließlich mußte ich irgendeinen verzweifelten Schritt unternehmen, um aus der ganzen Sache herauszukommen.«

»Und hereinspaziert kam Louis Creet, wie?«

Sie nickte. »Aber in Wirklichkeit war es mein Fehler«, sagte sie. »Ich überredete Louis dazu, mich in einen Spielclub mitzunehmen. Wir gingen ein paarmal hin, und eines Abends setzte ich tausend Pfund.«

»Und dann hast du verloren?«

»Und ich konnte natürlich nicht bezahlen«, fuhr Jacqueline fort. »Das Ganze war ein Trick, Larry, aber eigentlich spielte es keine Rolle. Ich verlor den Kopf – ich wußte mir nicht mehr zu helfen – deswegen wagte ich den hohen Einsatz. Und dann –«

»Den Rest kann ich mir denken«, erwiderte Larry. »Louis erbot sich, als Retter aufzutreten – unter gewissen Bedingungen. Aber trotzdem –«

»Ich mußte an Vater denken«, erklärte sie. »Ich konnte ihm das einfach nicht antun. Und dann war Mutter krank und mußte eine Seereise machen, aber das ist alles keine Entschuldigung. Louis weigerte sich schließlich, sein Versprechen zu halten – er wollte mich zwingen . . . Bitte, sprechen wir nicht mehr darüber, Larry.«

»Hör zu, Jackie«, sagte er. »Überlaß das mir, ja? – Ich habe mit Louis auch noch ein Hühnchen zu rupfen, und diesmal wird er sich nicht aus der Affäre ziehen. Ich bin froh, daß du ihn nicht abgeknallt hast. Wenn hier geschossen wird, dann mache ich das.«

Sie legte ihm die Hand auf den Arm. »Nein, Larry, bitte!«

Er starrte sie stirnrunzelnd an. »Ich verstehe dich nicht, Jackie«, sagte er. »Soll ich mich vielleicht noch bei ihm bedanken?«

Sie schüttelte den Kopf. »Er ist die Aufregung nicht wert, Larry. Außerdem läßt sich nichts mehr ungeschehen machen.«

»Aber das geht doch nicht so weiter«, protestiert er. »Sonst mußt du deinen Vater unterrichten.«

»Nein, Larry. Vater darf nichts erfahren.«

Larry zog die Brauen zusammen. »Tausend Pfund!« sagte er. »Wenn Louis ein anständiger Kerl wäre, hätte ich dir das Zehnfache geben können, ohne mit der Wimper zu zucken.«

»Vielen Dank, Larry. Das wußte ich. Aber darüber brauchen wir uns keine Sorgen mehr zu machen. Louis wird zahlen – um mich loszuwerden. Er hat mir versprochen, sofort das Nötigste zu unternehmen.«

»Und du hast ihm geglaubt? Du bist unverbesserlich.«

Sie schüttelte den Kopf. »Diesmal wird er sein Versprechen halten. Er telegrafiert nach London und läßt das Geld auf meine Bank überweisen. Er hat es furchtbar eilig, mich anzubringen. – Wußtest du übrigens, daß er verheiratet ist?«

»Das war er einmal. Seine Frau ist vor fünf Jahren gestorben.«

Sie zuckte die Achseln. »Ich hätte es wissen müssen. Na ja, jetzt brauche ich mir Louis' wegen keine Sorgen mehr zu machen.«

Larry nickte.

Sie schwieg lange, aber dann flüsterte sie plötzlich: »Larry, hat es überhaupt einen Zweck, wenn ich sage, daß es mir leid tut?«

Er nahm sie bei den Händen und zog sie hoch.

»Bist du nicht reichlich kindisch, Jackie?« meinte er.

Dann zog er sie plötzlich an sich und küßte sie.

»Du lieber Himmel, jetzt heulst du auch noch!« rief er dann. »Was gibt es da zu weinen? Möchtest du mein Taschentuch?«

Sie schüttelte den Kopf.

»Soll ich gehen?« fragte er.

Sie nickte, und er ging zur Tür. »Larry!«

Er blieb stehen und wandte sich um. Sie sah ihn mit schwimmenden Augen an. »Danke, Larry.«

»Nur nicht aufgeben, Jackie«, sagte er lächelnd.

*

Nach dem Abendessen sang Jacqueline ein paar Lieder. Dr. Thurston lächelte befriedigt. Mit seiner Tochter schien wieder alles in Ordnung zu sein. Er hatte sich also umsonst Sorgen gemacht.

Louis Creet, der sie am Klavier begleitete, schien mit sich so sehr zufrieden, daß Tubby nur mit Mühe den Wunsch unterdrücken konnte, ihm die Faust auf die Nase zu setzen. Mark starrte mürrisch an die Decke.

Als die anderen auf ihre Zimmer gegangen waren, blieb Jacqueline noch ein paar Minuten im Wohnraum. Sie stand am Fenster und starrte in die Nacht hinaus. Als sie die Tür gehen hörte, drehte sie sich um. Louis hatte den Raum betreten.

»Ich habe mir nach unserem Gespräch die ganze Sache überlegt«, erklärte er, »und Sie werden mit mir einer Meinung sein, daß unsere Vereinbarung nicht ganz fair ist.«

»Nun?«

»Ich will natürlich nach wie vor alles für Sie tun. Ich bin auch bereit, Larrys Schulden zu begleichen, wenn Sie sich mit ihm einigen, aber bei tausend Pfund ist das eine andere Sache. Tausend Pfund sind sehr viel Geld.«

»Louis!« sagte sie gepreßt. »Sie haben mir Ihr Wort gegeben, und wenn Sie jetzt wieder –«

Er hob die Hand. »Wir wollen das unter uns besprechen, Jakkie«, meinte er. »Es wäre für uns beide peinlich, wenn uns jemand hören sollte. Um auf das Gespräch von heute nachmittag zurückzukommen, ich fühle mich nicht verpflichtet –«

»Es war mir bitterernst, Louis.«

»Das bezweifle ich nicht«, erwiderte Creet. »Aber eine Erpressung –«

»Sie vergessen, daß Sie das Geschäft ursprünglich vorgeschlagen haben.«

»Genau«, unterbrach er sie. »Hätten Sie sich an unsere Abmachung gehalten, Jackie, und ehrlich gespielt, dann ließe sich darüber reden.«

»Ich verstehe«, sagte Jacqueline. »Nun gut, ich kann Sie nicht zwingen, sich wie ein Gentleman zu benehmen, aber ich habe Ihnen schon gesagt, was Ihnen blüht, wenn Sie sich weigern.«

Louis lächelte. »Immer diese Theatralik.« Er schüttelte den Kopf. »Das paßt gar nicht zu Ihnen, Jackie! Außerdem dürfen Sie nicht nur an sich denken. Da ist Ihr Vater. Wenn Sie so unvernünftig sein sollten, mir zu drohen, dann wäre das für Ihren Vater – sehr unangenehm.«

»Und das ist keine Drohung?«

Er zuckte die Achseln. »Sie müssen eben vernünftig sein, Jackie. Man spricht ja nicht gern über solche Dinge, aber unter den gegebenen Umständen sollen Sie ruhig wissen, daß Ihr Vater immerhin erheblich in meiner Schuld steht.«

»Oh, ich weiß, daß Sie großzügig gewesen sind. Mutter hat es mir gesagt. Aber das scheint mir reine Geldverschwendung zu sein.«

Er hob die Brauen.

»Fünfhundert Pfund im Jahr, nur um Sie am Leben zu erhalten«, meinte Jacqueline.

Creet verzog den Mund. »Es ist sehr einfach, eine solche Bemerkung zu machen«, sagte er, »aber was erreicht man schon damit? Im übrigen habe ich nicht vom regulären Honorar gesprochen. Ich lieh Ihrem Vater verschiedene Male größere Summen, wenn er sich gerade in Verlegenheit befand. Insgesamt sind das etwas über dreitausend Pfund.«

»Was?«

Er nickte. »Ohne meine Hilfe könnte Ihr Vater seine Facharztpraxis keinen Tag länger halten.«

Sie zuckte zusammen, und er lächelte.

»Und Vater hat nicht bezahlt?« erkundigte sie sich.

»Er war gar nicht in der Lage dazu«, entgegnete er. »Das Geld ist längst überfällig, aber auf Grund unserer Freundschaft habe ich nichts unternommen. Ich möchte nur, daß Sie sich im klaren darüber sind, welche Kleinigkeit es für mich ist, zu einem x-beliebigen Zeitpunkt die Rückzahlung zu verlangen.«

»Ich verstehe. Und das hängt von mir ab?«

»Wenn Sie vernünftig sein wollen, denke ich natürlich nicht daran –«

»Wenn ich also die tausend Pfund von Ihnen verlange, dann fordern Sie das geliehene Geld von meinem Vater zurück, und wenn er nicht zahlen kann –«

»Da gibt es kein ›wenn‹. Er kann nicht.«

»Und Sie würden ihn ruinieren? Louis, das ist nicht möglich – selbst bei Ihnen nicht.«

»Nachdem ich die Situation erklärt habe, wird das alles ja wohl nicht nötig sein«, meinte Creet. »Und Sie brauchen sich wegen dieser tausend Pfund keine Sorgen zu machen. Wenn Sie mit Larry alles regeln, sorge ich dafür, daß Monty Carr Sie nicht belästigt.«

»Solange es Ihnen paßt!«

Creet lächelte und ging zur Tür. »Sie sollten wirklich begreifen, Jackie«, meinte er, »daß man Louis Creet nicht übertölpeln kann. Gute Nacht!«

18

Jacqueline stand noch eine ganze Weile am Fenster. Schließlich nahm sie sich zusammen und ging müde in ihr Zimmer. Sie konnte lange nicht einschlafen. Als ihr die Augen endlich zufielen, begann sie unruhig zu träumen. Sie sah Louis Creet und Monty Carr vor sich herlaufen. Sie rannte den beiden nach, konnte Louis keuchen hören, und von Zeit zu Zeit sah sie, wie er während des Laufens seinen Puls fühlte und das Ergebnis auf einem kleinen Zettel notierte.

Monty Carr zog in regelmäßigen Abständen kleine Stücke Papier aus der Tasche und ließ sie zu Boden fallen. Sie hob eines davon auf. Es war ein Scheck über tausend Pfund mit ihrer Unterschrift. In der linken oberen Ecke war mit roter Tinte der Vermerk angebracht: ›Nicht gedeckt.‹ Sie begann schneller zu laufen. Es mußte ihr gelingen, Monty Carr einzuholen, weil sie ihm etwas Dringendes und Wichtiges zu sagen hatte. Sie konnte sich zwar im Augenblick nicht daran erinnern, aber sie wußte noch, daß es mit einer roten Spielkarte zu tun hatte.

In einiger Entfernung bemerkte sie im Boden ein großes, rundes Loch. Als Louis und Monty Carr diese Öffnung erreichten, sprangen sie hinein und verschwanden. Sie zögerte nicht und ließ sich ebenfalls hineinfallen. Es war ein sehr tiefes Loch, und sie stürzte mit riesiger Geschwindigkeit nach unten. Auf halbem Wege raste sie an Louis und Monty Carr vorbei, die wie zwei Ballone auf der Stelle schwebten, ohne weiterzukommen. Sie schienen sehr wütend zu sein, und sie hörte Louis Creet brüllen, daß sie nicht tiefer sinken konnten, weil sie nicht schwer genug waren.

Als sie am Grund angelangt war, befand sie sich in einer Goldmine. In den Wänden, im Boden, an der Decke glitzerten Goldklumpen. Sie nahm einen Spaten zur Hand und begann fieberhaft zu graben. Sie wußte, daß sie möglichst viel Gold für ihren Vater, für Larry, Mark und Tubby und für sich schaufeln mußte, bevor Louis schwerer wurde und kam, um sie daran zu hindern. Aber es ging sehr langsam. Der Spatenstiel saß nur locker in dem Metallrohr, und bei jeder Bewegung knarrte es ... Sie erwachte und setzte sich in ihrem Bett auf. Sie hatte etwas gehört – ein Knarren – dort an der Tür ...

Sie tastete nach dem Lichtschalter, fand ihn – das Zimmer wurde hell. Sie sah sich um – ihr Blick blieb an der Tür haften. Kein Zweifel – jemand hatte die Tür geöffnet. Der Spalt wurde langsam größer.

Sie sprang aus dem Bett, warf sich ihren Morgenmantel über und lief zur Tür, um sie zu schließen.

»Wer ist da?« sagte sie.

»Nur keine Aufregung, Liebling«, flüsterte Louis. »Ich bin's – Louis.«

Sie stemmte sich mit der Schulter gegen die Tür. »Louis – was wollen Sie?«

Der Druck gegen ihre Schulter wurde stärker. Sie mußte ihre ganze Kraft aufbieten, aber sie schaffte es nicht.

»Louis – bitte – gehen Sie! Um Himmels willen, Louis . . . !«

Am anderen Ende des Korridors ging Larry in seinem Schlafzimmer auf und ab, eine Zigarette im Mundwinkel. Er bemühte sich, die Situation klar und deutlich zu überblicken. Aber es fiel ihm schwer. In Wirklichkeit machte er sich um Mark und Tubby mehr Sorgen als um sich selbst. Die beiden hatten ihre ganze Hoffnung auf die Goldmine gesetzt. Kein Wunder, daß sie Louis' Gemeinheit stärker getroffen hatte als ihn. Auf Mark wartete irgendwo ein Mädchen, und Tubby mußte an Bunty und die Kinder denken.

Auf Tubby mußte er überhaupt aufpassen. In seinem gegenwärtigen Zustand war der Dicke durchaus fähig, Creet niederzuschießen, wenn jeder andere Ausweg verbaut schien. Aber Tubby würde mit so etwas nie fertig werden können. Dazu war er viel zu anständig und gewissenhaft. Larry lächelte. Eigentlich ein Wunder, daß er Louis nicht selbst abgeknallt hatte. Schließlich hatte er noch mehr Grund dazu als die anderen. Abgesehen von der Mine, war er Creet schon Jackies wegen eine Kugel schuldig.

Nun ja, sie hatte es ja endlich geschafft, Creet abzuschütteln –

»Larry!«

Ein schriller, angstvoller Schrei. Larry erstarrte, zögerte einen Augenblick, dann ging er zur Tür, riß sie auf und sah hinaus.

Der Korridor lag im Dunkeln. Nur die einen Spalt geöffnete Tür zu Jacquelines Zimmer ließ einen schmalen Lichtstreifen in den Flur fallen. Larry tastete nach dem Schalter und knipste das Licht an. Er sah Louis im Pyjama und Bademantel, wie er sich mit aller Kraft gegen Jacquelines Tür stemmte. Er hörte Jacqueline keuchen.

Larry schlich geräuschlos den Korridor entlang. Ehe sich Creet umdrehen konnte, hatte sich Larry auf ihn gestürzt. Seine Hände schlossen sich um die Kehle des anderen, Louis schlug wild mit den Armen um sich, aber Larry ließ nicht mehr los. Er preßte die

Hände immer stärker zusammen, Creets Gesicht verfärbte sich, seine Augen traten hervor. Er krächzte etwas.

»Larry – um Gottes willen – du bringst ihn um!«

Er spürte plötzlich Jacqueline neben sich, die ihn entsetzt anstarrte.

»Larry – bitte – laß ihn los!« stöhnte sie.

Larry zögerte einen Augenblick, dann lockerte sich sein Griff. Creet brach zusammen und blieb bewegungslos liegen.

»Larry, du hast ihn umgebracht!«

Er wandte sich ihr zu und schüttelte den Kopf. »Du bist gerade noch rechtzeitig gekommen, Jackie«, sagte er. »Lange hätte er es nicht mehr ausgehalten. Du gehst wohl am besten wieder in dein Zimmer.«

Dr. Thurston kam den Korridor entlanggerannt, im Laufen den Bademantel überstreifend, und einen Augenblick später erschien Tubby in seinem grellgemusterten Schlafanzug. Hinter ihm tauchte Mark auf.

»Was ist los, Larry?« fragte Dr. Thurston. Als er Creet liegen sah, sagte er fassungslos: »Was hat das zu bedeuten?«

»Heiliger Strohsack, Larry!« rief Tubby. »Er ist doch nicht tot?«

Der hoffnungsfreudige Unterton in seiner Stimme war nicht zu überhören.

Larry mußte lächeln.

»Schon gut«, sagte er. »Ich habe unserem Freund Creet nur ein bißchen Benehmen beigebracht, das ist alles. Es besteht kein Grund zur Aufregung – auch nicht zum Optimismus«, fügte er grinsend hinzu. »Hau lieber ab, Tubby. Wenn er deinen Schlafanzug sieht, ist er nicht mehr zu retten.«

Dr. Thurston war niedergekniet. Louis atmete krampfhaft und stoßweise, aber er hatte bereits das Bewußtsein wieder erlangt. Als sein Blick auf Larry fiel, raffte er sich unsicher auf. Er schwankte hin und her und starrte Larry mit blutunterlaufenen Augen an.

»Das wirst du mir teuer bezahlen.« Er drehte sich um, wankte an der Wand entlang und schloß die Tür hinter sich.

»Was war los, Larry?« erkundigte sich Tubby.

»Geh ins Bett, Tubby. Nimm ihn mit, Mark, bitte«, sagte Larry. Als die beiden verschwunden waren, wandte er sich an Dr. Thurston. »Ich bin Ihnen eine Erklärung schuldig«, sagte er, »und Sie sollen sie haben.«

Er sah Jacqueline an, bemerkte ihren bittenden Blick und schüttelte den Kopf. »Sie sollten eigentlich gewisse Dinge erfahren, Doktor«, sagte er, »und wenn Sie mich in mein Zimmer begleiten, dann erkläre ich Ihnen alles.«

»Aber Larry«, protestierte Jacqueline. »Mitten in der Nacht – es ist doch nicht nötig.«

»Tut mir leid, Jackie, es muß sein. Ich werde deinem Vater alles sagen.«

Alles?« wiederholte Dr. Thurston. »Das klingt ja recht geheimnisvoll, Larry. Ich begreife überhaupt nicht –«

»Sie hätten es schon längst erfahren sollen«, sagte Larry, nahm Dr. Thurston beim Arm und wollte ihn in sein Zimmer führen.

»Larry.«

Er sah sich um. »Ja, Jackie?«

»Muß das sein?«

Er nickte.

»Also gut«, seufzte sie. »Wahrscheinlich hast du recht, Larry. Aber wenn es Vater erfahren muß, dann bitte – von mir.«

»Was soll denn das alles?« begann Dr. Thurston, aber Larry schob ihn in Jacquelines Zimmer.

»Los, Jackie«, befahl er. »Du weißt, daß es sein muß.«

Sie nickte.

Larry packte sie beim Arm. »Nicht kneifen, Jackie«, sagte er. »Und alles erzählen. Versprichst du mir das?«

Sie nickte wieder, betrat das Zimmer und schloß die Tür hinter sich. Sie setzte sich auf den Bettrand, verschränkte die Arme und sah nachdenklich vor sich hin.

»Nun, Jackie«, sagte ihr Vater, »worum geht es überhaupt? Du weißt doch, daß ich immer für dich da bin –«

Sie warf sich plötzlich aufs Bett, schlug die Hände vors Gesicht und begann zu schluchzen.

Dr. Thurston setzte sich neben sie und streichelte ihr Haar.

»Ist es so schlimm, Jackie?« sagte er sanft. »Na, los – von Mann zu Mann – was ist?«

»Ich kann es dir nicht sagen.«

»Feige?«

Sie nickte.

Er nahm ihre Hand und hielt sie fest. »Das paßt gar nicht zu dir«, sagte er. »Heraus damit, Jackie. Ich bin doch immer auf deiner Seite.«

Sie drückte ihm dankbar die Hand. Dann erzählte sie stockend und langsam all das, was sie Larry am Nachmittag mitgeteilt hatte. Und als sie fertig war, sah Dr. Thurston sie an und nickte.

»Gut, Jackie«, sagte er. »Jetzt geh schlafen.«

19

Louis Creet ging in seinem Zimmer auf und ab. Er konnte und wollte nicht schlafen. Sein Hals schmerzte bei jeder Bewegung, aber das Schlimmste war die Demütigung gewesen.

Über eines war er sich jedenfalls jetzt klar: Larry würde keinen Penny von der Mine bekommen. Louis hatte bisher gezögert, einen entscheidenden Schritt zu tun, weil man bei einem Mann wie Larry Deans vorsichtig sein mußte. Aber jetzt war es entschieden. Mark und Tubby konnten natürlich ebensowenig etwas erwarten wie Larry.

Erst gegen Morgen fand Louis Creet Schlaf. Um zehn Uhr wurde er unsanft aus seinen Träumen gerissen. Larry saß am Bettrand und schüttelte ihn. Louis richtete sich auf.

»Na? Was wollen Sie?« fauchte er.

Larry lächelte. »Merkwürdig«, meinte er. »Es stimmt wirklich, daß Kleider Leute machen. Im Bett siehst du gräßlich aus, Louis.«

»Hauen Sie ab!« knurrte Creet wütend. »Verschwinden Sie aus meinem Zimmer! Mich wundert, daß Sie sich überhaupt noch hierher trauen.«

»Ich wollte mich eigentlich für die Szene heute nacht entschuldigen«, unterbrach ihn Larry.

»So!« brummte Creet. »Sie haben sich aufgeführt, wie ein Irrsinniger, Deans, und ich denke nicht daran –«

»Du bist zwar ein ekelhafter Kerl, Louis, aber ich gebe zu, daß ich vielleicht ein bißchen zu weit gegangen bin. Wenn du das entschuldigen willst, werde ich vergessen, was dazu geführt hat.«

Louis starrte ihn argwöhnisch an.

»Worauf wollen Sie hinaus, Deans?« fragte er. »Das nehme ich Ihnen nicht ab. Im übrigen ist mir das gleichgültig«, fügte er hinzu. »Das wird Ihnen noch sehr leid tun.«

Larry lächelte. »Wollen wir uns nicht wieder duzen, Louis?«

Louis machte ein finsteres Gesicht. »Ich bin für solche Albernheiten nicht zu haben«, erwiderte er kurz. »Sag, was du zu sagen hast, und dann verschwinde.«

»Es geht um Tubby und Mark«, erklärte Larry. »Sie haben dir schließlich nichts getan, und es gibt keinen Grund, warum du ihnen etwas nachtragen solltest.«

»Was willst du?«

»Ich möchte, daß du Mark und Tubby anständig behandelst und ihnen den Anteil an der Mine überläßt, der ihnen zusteht. Wenn du das tust, verzichte ich auf meinen Anspruch und reise ab. Das ist ein akzeptables Angebot, weil dir dann immer noch zwei Anteile verbleiben. Weißt du, mir macht dieses Leben nichts aus, aber die anderen beiden passen einfach nicht hierher. Na, was meinst du?«

Louis lächelte. »Sehr edel, Larry!« meinte er verächtlich. »Wer von euch hat sich das ausgedacht? Du? Zwei Anteile durch drei geteilt ist immer noch besser als gar nichts, nicht wahr?«

»Ich habe dir schon gesagt, daß ich mich aus der Sache heraushalte«, erwiderte Larry. »Also, bist du einverstanden?«

»Ich denke ja gar nicht daran!« sagte Creet. »Du wirst nichts aus mir herausholen – aber auch gar nichts. Ich bin fertig mit euch. Ich habe auch nicht die Absicht, darüber zu diskutieren«, fügte er hinzu, als Larry etwas erwidern wollte. »Ihr steckt alle unter einer Decke, und wenn ich einem von euch ein paar tausend Pfund gäbe, dann würdet ihr es euch ja doch teilen. Gerade das will ich aber verhindern.«

Larry stand auf und zuckte die Achseln. »Ich würde es mir noch einmal überlegen, Louis«, meinte er. »Ich bin dafür verantwortlich, daß die anderen in dieser ungünstigen Lage sind. Eigentlich reicht es doch für alle.«

»Zum letztenmal: Nein«, gab Louis zurück. »Und jetzt verschwinde, ich bin fertig mit dir – für den Augenblick wenigstens.«

Larry sah ihn forschend an. »Du bist ein komischer Vogel, Louis«, sagte er nachdenklich. »So einer ist mir jedenfalls noch nie untergekommen.«

Mark saß noch beim Frühstück. Er berichtete Larry, daß Tubby nur Kaffee getrunken habe und dann mit grimmigem Gesicht fortgerannt sei.

»Hast du Jackie gesehen?« erkundigte sich Larry.

Mark schüttelte den Kopf.

Larry frühstückte und trat dann auf die Veranda hinaus, wo sich Mark in einem Liegestuhl niedergelassen hatte, neben sich eine Flasche Whisky. Larry runzelte die Stirn. »Noch ein bißchen früh dafür«, meinte er mit einem Blick auf die Flasche.

Mark zuckte die Achseln und füllte ein zweites Glas.

»Kann nie schaden, Larry«, erwiderte er nachdenklich.

Larry nickte. »Vielleicht hast du recht«, gab er zu. Er nahm das Glas, setzte sich neben Mark und zündete sich eine Zigarette an.

Einige Zeit starrten sie auf das Meer hinunter. Schließlich Mark: »Was sollen wir tun, Larry?«

»Das weiß der Himmel«, antwortete Larry. »Er gibt nicht nach.

Ich habe ihn heute früh noch einmal behämmert, aber er will nicht einmal euch beiden etwas zukommen lassen. Er hat Angst, daß ihr mit mir teilt.«

Mark grinste. »Dann ist er doch nicht ganz so dumm, wie ich dachte, Larry. Aber trotzdem vielen Dank. – Ich sehe nur einen Ausweg«, fügte er mit Galgenhumor hinzu. »Wir müssen eine zweite Goldmine finden.«

»Ich habe nicht die Absicht, das einfach hinzunehmen, Mark.«

»Ich auch nicht. Und Tubby schon gar nicht. Aber was können wir tun?«

Larry hob die Schultern, und wieder verfielen sie in Schweigen. Zehn Minuten später sagte Mark: »Larry, wir müssen – etwas tun.«

»Etwas – ja.«

»Die Frage ist nur – was.«

Larry zündete sich eine Zigarette an und warf Mark einen Blick zu. Elliott, der Larry aus dem Augenwinkel beobachtet hatte, sah schnell geradeaus.

»Du weißt genausogut wie ich, daß es nur eine Möglichkeit gibt, Mark«, sagte Larry plötzlich, »und du weißt auch ebensogut, daß wir gar nicht anders können. Warum also Versteck spielen?«

»Du hast recht«, sagte Mark.

»Creet ist durch und durch verdorben«, fügte Larry hinzu, »aber er hält sich gerade noch im Rahmen der Gesetze. Was bleibt uns also anderes übrig, als selbst etwas zu unternehmen. Es gibt nur eine Lösung für unsere Schwierigkeiten, Mark – eine Kugel.«

Mark nickte. »Überlaß das mir, Larry.« Als er bemerkte, daß Larry protestieren wollte, fuhr er schnell fort: »Du mußt doch ganz offensichtlich an andere Leute denken – an Jacqueline. Ich habe niemanden. Ich bin nicht verheiratet, und es wird wohl auch nicht mehr dazu kommen. Wir brauchen also gar nicht mehr darüber zu diskutieren.«

Larry schüttelte den Kopf. »Kommt gar nicht in Frage«, erwiderte er. »Das ist nichts für dich. Laß mich nur machen. Im übrigen bin ich dafür, daß wir Tubby nichts sagen.«

Er verstummte plötzlich, als Tubby auf die Veranda herauskam. Er sah erschöpft aus. In der Hand hielt er eine Blatt Papier. »Hört euch das an«, sagte er tonlos. »Ein Telegramm – von Bunty. Eben angekommen. Alan muß in die Schweiz – mindestens auf ein Jahr.«

Er las vor:

»›Krankheit nicht ernsthaft, aber Klimawechsel unbedingt erforderlich. Arzt garantiert Genesung. Haben uns auf Pontresina geeinigt. Soll ich dort ein Haus mieten?‹«

Larry warf Mark einen Blick zu. »Schon gut, Tubby«, sagte er ruhig. »Du kannst ihr telegrafieren, daß sie ein Haus mieten darf.«

»Aber wieso denn?« schrie Tubby. »Bunty glaubt, daß ich im Geld ersticke, dabei habe ich keinen Penny. Ich hatte nicht einmal den Mut, ihr das zu sagen. Creet hat uns alles genommen, sogar das Haus, in dem sie wohnt. Hört mal zu, ich lasse mir das nicht bieten. Ich werde zum letztenmal mit ihm sprechen, und wenn er uns dann nicht gibt, was uns zusteht, nehme ich mir's. Ich knalle ihn nieder.«

Mark schob ihm die Whiskyflasche hin. »Setz dich und trink einen Schluck, Tubby«, sagte er. »Das ganze Geschrei nützt dir nichts, und der andere Job ist schon vergeben.«

Tubby sah verwirrt von einem zum andern.

»An mich«, erklärte Larry. »Ihr haltet euch da heraus. Ihr seid vielleicht der Meinung, daß ihr einen erstklassigen Grund habt, Creet umzulegen, und das stimmt ja auch. Aber ich habe einen noch besseren.«

»Ist das – dein Ernst?« fragte Tubby.

Larry nickte.

»Meiner auch«, sagte Tubby. »Es gibt nur noch diesen Weg. Wenn wir nichts tun, sind wir alle erledigt. Aber diesen Job übernehme ich.«

»Nur mit der Ruhe, Tubby«, sagte Larry. »Setz dich und trink noch einen Schluck. Es muß ja nicht gerade jeder wissen, was wir vorhaben.«

Tubby ließ sich in einen Liegestuhl fallen.

»Louis müßte sich eigentlich geschmeichelt fühlen«, fuhr Larry fort. »Wir raufen uns hier um die Ehre, ihn niederschießen zu dürfen. Aber wir können schließlich nicht alle in der Gegend herumballern. Ich bin immer noch der Meinung, daß ich mehr Anrecht auf diesen Job habe als ihr, aber da wir uns nicht einigen können, gibt es nur eine Möglichkeit. Wir losen es aus.«

Tubby nahm eine Münze aus der Tasche und legte sie auf den Tisch. »Einverstanden«, sagte er. »Je früher die Sache geregelt wird, desto besser.«

Larry schüttelte den Kopf. »Aber nicht so, Tubby«, erwiderte er. »Wenn ich gewänne und Louis beseitigen würde, dann könntest du nie vergessen, daß ich einen Menschen umgebracht habe. Mit unserer Freundschaft wäre es aus. Umgekehrt gilt natürlich dasselbe. Wir ziehen Spielkarten.«

»Mir ist das egal«, murmelte Tubby, »wenn nur endlich etwas getan wird.«

»Wir benennen eine Karte – zum Beispiel das Pik-As«, sagte Larry, »verteilen ein ganzes Spiel, und wer das Pik-As bekommt, erledigt die Sache nach seinem eigenen Gutdünken. Der Betreffende wird natürlich nicht zu erkennen geben, daß er das Pik-As erhalten hat. Wenn es später Schwierigkeiten geben sollte, müssen wir alle dichthalten. Einverstanden?«

»Ja«, sagte Mark.

»Ich auch«, meinte Tubby. »Aber ich hoffe –«

»Ich verstehe«, sagte Larry. »Mark und ich hoffen das auch. Da kommt Thurston. Er kann uns sicher Spielkarten verschaffen.«

»Endlich bekomme ich etwas zu tun«, meinte Dr. Thurston, der in diesem Augenblick auf die Veranda trat. »Ihr seid ja alle so gesund, daß ich keine Gelegenheit habe, hier meinem Beruf nachzugehen. Louis hat es ja ewig hinausgeschoben, aber heute früh scheint er ein bißchen Angst bekommen zu haben, und er will sich von mir untersuchen lassen.«

»Glauben Sie, daß ihm wirklich etwas fehlt, Doktor?« erkundigte sich Mark.

»Kann ich mir nicht vorstellen«, erwiderte Dr. Thurston. »Er ißt zuviel und hat zuwenig Bewegung, aber das ist ja noch kein Grund zur Besorgnis.« Er sah die anderen fragend an. »Ihr seht aus, als hättet ihr über lebenswichtige Fragen gesprochen.«

»Das stimmt auch«, meinte Larry lachend. »Tubby behauptet wie gewöhnlich, daß er nicht an der Reihe ist, Zigaretten zu kaufen. Mark behauptet dasselbe, und ich weiß genau, daß ich nicht dran bin, weil ich die letzten drei Male eingesprungen bin. Wir wollten eben losen. Können Sie uns Spielkarten beschaffen?«

Dr. Thruston lächelte. »Ja, ich habe ein paar Spiele in meinem Koffer.« Wenige Augenblicke später kam er zurück und warf ein Päckchen Spielkarten auf den Tisch.

»Hier«, sagte er. »Ein grünes Spiel. Das ist ja angeblich eine Unglücksfarbe, aber wenn es nur um Zigaretten geht, spielt das wohl keine Rolle. Was habt ihr ausgemacht?«

»Derjenige, der das Pik-As zieht – muß die Zigaretten kaufen«, sagte Larry lachend.

Dr. Thurston lächelte. »Soll ich austeilen?«

Larry sah die anderen an und nickte dann. »Aber bitte mit dem Bild nach unten«, meinte er.

Dr. Thurston begann auszuteilen, während die drei Männer regungslos zusahen.

»Siebzehn Karten pro Mann, aber eine ist übrig«, meinte Thurston. »Was soll ich –«

Larry riß die Karte an sich. »Die gehört noch mir«, sagte er und legte sie zu seinen Karten.

Sie hörten plötzlich Schritte, und als Dr. Thurston aufsah, bemerkte er Louis.

»Kommen Sie, Thurston, ich warte schon auf Sie«, sagte Creet gereizt. Dr. Thurston nickte den anderen zu und folgte Louis.

Als er verschwunden war, schob Tubby seine Karten zusammen, nahm sie auf und fächerte sie auseinander. Mark studierte seine Karten langsam und ohne Eile. Larry lächelte, sammelte seine Karten ein und betrachtete sie kurz, dann warf er sie auf den Tisch zurück. Einen Augenblick später fielen auch Marks und Tubbys Karten darauf.

»Versteht ihr –«

Larry hob die Hand. »Halt den Mund, Tubby«, befahl er. »Einer von uns hat das Pik-As gezogen, und es hängt jetzt von ihm ab. Es wird nichts diskutiert. Der Betreffende weiß, was er zu tun hat, und er wird es tun. Niemand, außer ihm selbst, wird je wissen, wer die Schuld trägt. Sind wir uns einig?«

Die anderen nickten, und Larry mischte die Karten, stieß sie zusammen und steckte sie in die Tasche. Dann wandte er sich an Tubby und schlug ihm auf die Schulter.

»Du kannst nach Hause telegrafieren, daß alles in Ordnung ist, Tubby«, meinte er lächelnd und ging ins Haus.

20

Mrs. Thurston, die am Abend allein im Wohnzimmer saß, kam zu der Schlußfolgerung, daß sich alle sehr merkwürdig benommen hatten – als ob jeder Anwesende eine ansteckende Krankheit hätte, vor der man sich hüten mußte.

Jacqueline hatte Kopfschmerzen vorgeschützt, sich in ihr Zimmer eingeschlossen und war nicht zum Essen erschienen. Die übrigen saßen kaum fünf Minuten im Wohnzimmer, als Tubby aufstand, etwas von ›frischer Luft‹ murmelte und in den Garten hinaus hastete. Kurze Zeit später verkündete Mark, daß er Zigaretten suchen müsse. Seitdem war er nicht mehr aufgetaucht. Larry hatte sich auf die Veranda zurückgezogen, ohne überhaupt einen Vorwand anzugeben.

Dr. Thurston behauptete nach einer halben Stunde, mit Larry sprechen zu müssen, aber er war in den Garten gegangen. Schließlich hatte sich Louis geweigert, Klavier zu spielen. Er wollte im Eßzimmer Briefe schreiben.

Mrs. Thurston wußte nicht mehr aus noch ein. Sie stand auf und ging zu ihrem Zimmer. Als sie an Jacquelines Tür vorbeikam, klopfte sie, bekam aber keine Antwort.

Mrs. Thurston seufzte, schüttelte bedrückt den Kopf und ging in ihr Zimmer. Im Bett versuchte sie noch zu lesen, aber sie konnte sich nicht konzentrieren. Sie dachte über das merkwürdige Benehmen der anderen nach. Es war ihr aufgefallen, daß Louis an diesem Abend sehr viel Whisky getrunken hatte . . .

Sie fuhr plötzlich aus dem Schlaf hoch, am ganzen Körper zitternd.

Sie warf die Bettdecke zurück und setzte sich auf. Ja, sie hatte irgend etwas gehört – ein peitschendes Geräusch, das immer noch in ihrem Kopf zu dröhnen schien. Sie sah zum Fenster hinaus, aber am Himmel standen keine Wolken. Donner konnte es also nicht gewesen sein. Sie knipste das Licht an und stellte fest, daß ihr Mann immer noch nicht da war. Es mußte etwas Schreckliches geschehen sein.

Sie sprang aus dem Bett, schlüpfte in ihren Morgenmantel, öffnete die Tür und lief den Korridor entlang. Sie wußte nicht, warum sie das tat, aber irgend etwas schien sie vorwärtszutreiben. Die Tür zum Eßzimmer stand offen, ein schmaler Lichtstreifen fiel auf den Gang. Mrs. Thurston zögerte nicht. Ihre Hand zitterte, aber sie stieß die Tür auf und ging hinein.

Mitten im Zimmer stand Jacqueline, starr wie eine Statue, barfuß, im Schlafanzug.

Mrs. Thurston trat auf sie zu. »Jackie«, flüsterte sie.

Jacqueline zitterte.

»Jackie! Was ist denn?«

Jacqueline nahm die Hände vom Gesicht, aus dem jeder Tropfen Blut gewichen zu sein schien. Ihre Augen waren weit aufgerissen, die Lippen zitterten. Sie schien sprechen zu wollen, aber sie brachte keinen Ton heraus. Dann machte sie einen Schritt auf ihre Mutter zu und schlug wieder die Hände vors Gesicht. »O Gott – Mutter – es ist entsetzlich!«

Und Mrs. Thurston sah plötzlich die schlaffe, zusammengesunkene Gestalt im Stuhl, die halb auf dem Schreibtisch lag – herabhängende Arme mit reglosen Händen – den Kopf zur Seite verdreht – das kleine, geschwärzte Loch in der Stirn. Das Tintenfaß war umgefallen, die bläuliche Flüssigkeit tropfte auf den Boden. In diesem Augenblick fiel Mrs. Thurston ein, daß man Tintenflecken mit Milch beseitigen konnte. Sie bemerkte die Flasche auf dem Schreibtisch. Louis hatte sehr viel Whisky getrunken . . .

»Mutter – Louis – er ist tot!«

Mrs. Thurston nahm Jacqueline bei den Armen. Sie konnte ihre Füße nicht bewegen. Sie wollte sich abwenden, die Augen vor diesem Anblick verschließen, aus dem Zimmer laufen. Aber irgendeine Macht schien sie festzuhalten. Sie bemerkte undeutlich, daß ihr Mann das Zimmer betrat, an ihr vorbei auf den Schreibtisch zuging und sich über die Gestalt im Stuhl beugte. Dann kamen Larry – Mark – Tubby. Alle sahen verängstigt aus. Außer Larry natürlich. Er war ernst, aber er hatte keine Angst.

Die Untersuchung dauerte nicht lange. Dr. Thurston richtete sich auf und sah Larry an.

»Tot«, sagte er leise. »Und zwar sofort.«

Larry nickte.

»Heiliger Strohsack, Doktor –«, sagte Tubby. Dann verstummte er plötzlich, sah Larry und Mark unsicher an.

Dr. Thurston ging zu seiner Frau und Jacqueline hinüber.

»Kommt«, sagte er. »Ihr könnt hier nichts tun. Niemand kann Louis helfen.« Er wandte sich an Jacqueline. »Komm, Jackie – nimm dich zusammen«, sagte er, »und bring deine Mutter in ihr Zimmer. Sie soll einen Schluck Kognak trinken und sich ins Bett legen. Bleib bei ihr, bis ich komme. Rauch eine Zigarette und reg dich nicht auf.«

Er führte sie zur Tür und lächelte beruhigend.

Jacqueline blieb stehen. »Daddy – wie – wer –«

»Das weiß der Himmel, Jackie«, unterbrach sie Dr. Thurston. »Für solche Fragen ist noch Zeit genug. Die Polizei wird bald hier sein und uns alle vernehmen, aber laß dich dadurch nicht aus der Ruhe bringen. Gib deiner Mutter ein Glas Kognak und trink auch einen Schluck. Und jetzt mach dich ein bißchen nützlich.«

Jacqueline nickte und führte ihre Mutter hinaus. Dr. Thurston schloß die Tür und kehrte zum Schreibtisch zurück. Er starrte den Toten an. Dann hob er den Kopf und sagte: »Mark, sei so gut und ruf die Polizei an. Wenn die Beamten hier sind, holst du mich. Und du ziehst die Vorhänge zu, Larry. Ich sperre dieses Zimmer ab, bis die Polizei hier ist. Es wird ja nicht lange dauern. Tubby, kannst du Kaffee machen? Bring ihn ins Wohnzimmer. Aber gib mir vorher eine Zigarette.«

Ein paar Minuten später saßen sie im Wohnzimmer. »Die Polizei kommt sofort«, sagte Dr. Thurston. »Die Verhöre können dann hier stattfinden.«

»Was ich nicht begreife –« begann Tubby.

»Niemand begreift etwas, Tubby«, sagte der Arzt, »also wollen wir uns jetzt nicht den Kopf zerbrechen. Wir wissen nur, daß Louis tot ist. Die Polizei muß feststellen, wer geschossen hat.«

»Haben Sie eine Theorie, Doktor?« fragte Larry.

»Nein«, erwiderte er kurz. »Und da Benguella kein kleines Nest ist, werde ich mir auch deswegen keine grauen Haare wachsen lassen.«

»Diese Bungalows eignen sich ja auch vorzüglich für einen Mord«, meinte Larry. »Von jedem Zimmer führen Türen auf die Veranda hinaus, und wenn sie offenstehen, ist es das einfachste auf der Welt, über die Veranda hereinzukommen, die Tat zu begehen und sofort wieder zu verschwinden.«

»Natürlich«, stimmte Mark zu. »Ein Mann wie Creet muß natürlich Feinde haben. Er war früher schon hier, und es hat den Anschein, als hätte jemand eine alte Schuld beglichen.«

»Genau das, was ich auch denke«, sagte Tubby. »Die Polizei wird sich da leichter tun – ich meine, sie weiß vielleicht, wer hier aus der Bevölkerung als Täter in Frage kommt.«

»Aber niemand hat etwas gehört?« fragte Dr. Thurston. »Vor dem Schuß, meine ich? Keine Schritte auf der Veranda oder etwas Ähnliches? Wo seid ihr eigentlich alle gewesen?«

Einen Augenblick lang herrschte Stille. Mark starrte zur Decke empor, Larry betrachtete das glühende Ende seiner Zigarette, Tubby studierte seine Fingernägel.

»Es geht mich natürlich nichts an«, fügte der Arzt hinzu, »aber die Polizei wird das von uns wissen wollen. Es ist alles sehr unangenehm, aber wir müssen der Tatsache Rechnung tragen, daß sie den Mörder zuerst hier suchen werden. Soviel wir wissen, kannte Louis hier keinen Menschen, und der Verdacht richtet sich natürlich zunächst gegen uns. Es wäre daher gut, wenn jeder genau zu Protokoll geben könnte, wo er sich in den letzten Stunden aufgehalten hat.«

»Lieber Himmel, Doktor!« rief Tubby. »Sie glauben doch nicht . . .«

Larry sah ihn an, und Tubby schwieg.

»Doktor Thurston hat recht«, sagte Larry. »Es ist besser, wenn wir uns vorher darüber klarwerden. Ich war in meinem Schlafzimmer, saß in einem Sessel und rauchte. Ich scheine gerade am Einschlafen gewesen zu sein, als ich den Schuß hörte. Zuerst dachte ich noch an nichts Böses. Ich glaubte, jemand habe auf einen wildernden Hund geschossen, wie das hier oft vorkommt. Erst als ich Schritte im Haus hörte, begriff ich, daß der Schuß hier gefallen sein mußte. Ich ging über die Veranda zum Eßzimmer und traf unterwegs Mark und Tubby. Mehr kann ich nicht aussagen. Wie steht's mit dir, Tubby? Wenn du deinen Bericht so ausschmückst wie gewöhnlich, werden sie dich aufhängen, um Zeit zu sparen.«

Tubby lächelte gequält. »Ich war im Garten«, sagte er. »Die letzten Nächte konnte ich nicht schlafen – ich habe mir Sorgen gemacht.«

»Worüber denn?« knurrte Larry.

»Nun, über die Mine und so weiter. Wir waren doch alle bedrückt, oder nicht? So, wie uns Louis behandelt hat –«

»Genau das, was ich erwartet habe!« unterbrach ihn Larry. »Jetzt hör mal zu, Tubby. Wenn du keinen Ärger mit der Polizei willst, dann beantwortest du jede Frage mit ›Ja‹ oder ›Nein‹. Alles andere ist gefährlich.«

»Gefährlich?« wiederholte Dr. Thurston mit gerunzelter Stirn. »Tubby hat doch nichts zu befürchten.«

»Wenn Tubby so gesprächig und indiskret ist wie sonst, Doktor, hat er eine Menge zu befürchten – immer vorausgesetzt, daß er damit rechnet, verhaftet und unter Mordanklage gestellt zu werden.«

»Ich weiß nicht, worauf du hinaus willst«, meinte Tubby.

»Paß auf«, sagte Larry. »Ich habe dich gefragt, wo du gewesen bist, als der Schuß fiel. Du hast zugegeben, im Garten gewesen zu sein. Aber das war nicht genug. Du mußtest mir vorwinseln, daß du schlecht geschlafen hast, daß du dir Sorgen gemacht hast, daß Mark und ich bedrückt waren und daß wir allen Grund dazu hatten, weil uns Louis übers Ohr gehauen hat. Mit anderen Worten, wenn ich ein Polizist wäre, hättest du mir einen großartigen Grund für den Verdacht geliefert, daß du, Mark oder ich Louis erschossen haben, weil er uns betrog.«

»Lieber Himmel, Larry, ich wollte nicht –«

»Natürlich wolltest du nicht«, fauchte Larry, »aber die Polizei sucht doch nach Motiven, und du hättest auf einen Schlag drei Verdächtige geliefert. Ich kann dir nur raten, möglichst den Mund zu halten und nichts zu sagen, wonach man dich nicht gefragt hat.«

»Da ist schon etwas dran, Tubby«, meine Dr. Thurston. »Larry übertreibt zwar wahrscheinlich, aber –«

»Ich übertreibe nicht im geringsten«, sagte Larry. »Wir müssen der Tatsache ins Gesicht sehen, daß wir alle drei ein erstklassiges Motiv hatten, und wenn die Polizei erst einmal dahinterkommt, wird sie sich von dieser Spur nicht so leicht abbringen lassen. Hier in der Gegend weiß praktisch jeder über die Goldmine Bescheid. Man scheint auch zu wissen, daß wir drei und Creet daran beteiligt sind, also dürfte auch die Polizei informiert sein. Niemand ahnt allerdings, daß wir mit Creet Differenzen hatten, und wir dürfen das auch nicht bekanntwerden lassen. Es hängt von jedem von uns ab, daß darüber nichts verlautet. Einverstanden?«

Dr. Thurston nickte. »Ihr könnt euch auf mich verlassen«, sagte er. »Es hat gar keinen Sinn, noch mehr Unannehmlichkeiten zu schaffen, wir haben genug davon. Von diesem Augenblick an weiß ich nichts davon, daß es zwischen euch und Creet Differenzen gegeben hat.«

»Aber ich muß der Polizei doch die Wahrheit sagen«, wandte Tubby ein.

»Selbstverständlich, Tubby«, beruhigte ihn Dr. Thurston. »Aber ich stimme Larry darin zu, daß es nicht nötig ist, mehr zu sagen, als man gefragt wird.«

Tubby seufzte und fuhr sich mit den Fingern durchs Haar. »Rede nur, wenn du gefragt bist, bitte, Tubby«, sagte Larry, »und gib deinen eigenen Senf nicht immer dazu.«

»Schon gut«, erwiderte Tubby. »Außerdem war ich ja sowieso im Garten.«

»Frag mich, wo ich war, Larry«, meinte Mark.

»Nun, wo warst du?«

»Im Bett«, grinste Mark. »Das ist die beste Antwort.«

Dr. Thurston lächelte. »Ich war im Wohnzimmer«, erklärte er. »Ich riskiere zwar eine Rüge von Larry, aber ich will anfügen, daß ich gelesen habe. Das ist doch wohl nichts Böses, Larry?«

»Hängt vom Buch ab«, meinte Larry.

Wenige Minuten später erschien die Polizei. Der Inspektor, ein gewandter, kleiner Portugiese, sprach fließend Englisch. Begleitet wurde er von drei uniformierten Polizisten.

Mit wenigen Worten stellte sich Dr. Thurston vor und erklärte, was geschehen war. Der Inspektor schien entzückt. Er habe einen

Cousin, der in Lissabon arbeite. Er selbst wäre auch gern Arzt geworden, aber die Prüfungen seien ihm zu schwer gewesen. Wenn es Dr. Thurston nicht zuviel ausmache, würde er jetzt gern das Zimmer besichtigen, in dem die Tat geschehen sei.

Er betrachtete das Zimmer und den Toten nur ganz flüchtig. »Mord, natürlich«, verkündete er, gab seinen Untergebenen auf portugiesisch einige Befehle und wandte sich dann wieder an Dr. Thurston. Man müsse natürlich gewisse Formalitäten beachten, meinte er entschuldigend, aber er werde dafür sorgen, daß sie den Arzt so wenig wie möglich beeinträchtigten. Er habe Befehl gegeben, Fotografien zu machen, anschließend werde die Leiche fortgebracht. Bedauerlicherweise müsse er aber jetzt gewisse Fragen stellen. Vielleicht – im anderen Zimmer?

Sie kehrten in das Wohnzimmer zurück.

»Im Haus wohnen wir vier«, erklärte Dr. Thurston, »sowie meine Frau und meine Tochter. Meine Tochter kam als erste zum Tatort. Sie können Sie natürlich sofort vernehmen, aber wenn es Ihnen möglich wäre, meine Frau erst später . . .«

»Selbstverständlich – später – morgen vielleicht«, sagte der Inspektor. »Wenn ich allerdings der jungen Dame ein paar Fragen stellen dürfte? Ich werde es kurz machen.«

Dr. Thurston nickte. »Ich hole sie.«

Wenige Augenblicke später betrat Jacqueline das Zimmer. Sie war sehr blaß und zitterte immer noch. Der Inspektor bat sie Platz zu nehmen.

»Und jetzt nur ein paar kleine Fragen«, meinte der Inspektor. »Ihr Vater hat mir erzählt, daß Sie als erste am Tatort waren. Sie haben den Schuß gehört?«

Sie nickte.

»Und was haben Sie dann getan?«

»Ich habe in meinem Schlafzimmer gelesen«, sagte Jacqueline. »Ich sprang auf und lief auf den Flur hinaus. Ich sah Licht im Eßzimmer und rannte hinein. Ich habe Louis – Mr. Creet – er war zusammengesunken.«

Der Inspektor nickte. »Und niemand ist Ihnen begegnet?«

»Auf dem Flur? Nein – niemand. Ich war wohl schneller als die anderen.«

»Und im Zimmer – nur der Tote?«

Sie zögerte. »Nein – nicht ganz«, sagte sie.

Der Inspektor lächelte. »Und was heißt ›nicht ganz‹?«

»Nun, verstehen Sie, es ging alles so schnell – aber gerade, als ich das Zimmer betrat, sah ich jemanden – einen Mann – auf die Veranda hinauslaufen.«

»Ein Mann?« rief Dr. Thurston. »Davon hast du mir nichts erzählt, Jackie –«

Der Inspektor hob die Hand. »Bitte, Doktor«, sagte er höflich. Er wandte sich wieder an Jacqueline. »Und wie sah er aus – dieser Mann?«

Sie schüttelte den Kopf. »Er war so schnell verschwunden, daß ich überhaupt nichts erkennen konnte. Vielleicht habe ich es mir auch nur eingebildet –«

»Gehen wir zunächst einmal vom Gegenteil aus«, meinte der Inspektor. »Erinnern Sie sich noch, wie er gekleidet war?«

»Oh – ich weiß nicht –, wahrscheinlich trug er einen hellen Anzug wie alle Männer hier. Das ist eigentlich alles, was ich Ihnen sagen kann. Es ging so schnell . . .«

Der Inspektor nickte und schwieg ein paar Augenblicke. Unvermittelt fragte er: »Sie kannten Mr. Creet sehr gut?«

»O ja.«

»Sie waren also eng befreundet mit ihm?«

»Ja – ich glaube, das kann man sagen.«

»Dann können Sie uns vielleicht irgendeinen Hinweis auf den möglichen Täter geben?«

Jacqueline zögerte. Sie mußte sich genau überlegen, was sie diesem höflichen, kleinen Mann mit den klugen Augen erwiderte. Sie erkannte klar, daß ein unbedachtes Wort alles verderben konnte. Abgesehen von Mrs. Thurston hatte praktisch jeder im Haus ein Mordmotiv – Larry, Tubby, Mark, ihr Vater, und sie selbst mehr als jeder andere. Sie durfte auf keinen Fall irgend etwas Belastendes –

»Sie denken sehr angestrengt nach«, meinte der Inspektor. »Ich habe Sie gefragt, ob Sie mir irgendeinen Hinweis auf den möglichen Täter geben können?«

Sie hob den Kopf und sah den Inspektor offen an.

»Ich kann Ihnen leider nicht behilflich sein.«

»Es gab also niemanden, der ihn haßte – keinen Feind –«

»Nein – nicht daß ich wüßte.«

»Und er hat Ihnen auch nie erzählt, daß er mit irgendeiner Person eine Auseinandersetzung gehabt habe?«

»Nein, nie.«

Der Inspektor erhob sich. »Das ist alles, was ich im Augenblick zu fragen habe«, erklärte er. »Aber ich darf Ihnen versichern, daß ich Sie für eine sehr – kluge junge Dame halte.«

Jacqueline sah ihn überrascht an. »Wieso?«

»Es gibt auch unkluge Leute«, sagte der Inspektor. »Sie belügen mich und glauben, daß ich das nicht merke. Sie waren klug genug, um zu wissen, daß Sie mir die Wahrheit sagen müssen.«

»Oh – ich verstehe«, meinte Jacqueline mit einem nervösen Lächeln.

Der Inspektor wandte sich an Dr. Thurston. »Und jetzt ein paar Fragen an die Herren«, sagte er.

Der Arzt nickte. »Und du gehst jetzt zu Bett, Jackie«, befahl er. »Ich schau' später noch einmal hinein.«

Jacqueline eilte ins Zimmer ihrer Mutter, aber Mrs. Thurston war eingeschlafen. Jacqueline seufzte erleichtert und ging in ihr eigenes Schlafzimmer. Sie legte sich nicht ins Bett, an Schlaf war nicht zu denken. Sie zündete sich eine Zigarette an und starrte durch das Fenster in den Garten hinaus.

Fast eine Stunde später betrat ihr Vater das Zimmer.

»Du liegst noch nicht im Bett, Jackie?«

»Was hat es für einen Zweck, schlafen zu wollen? Ist der Inspektor gegangen?«

»Wir haben ihm einen Schluck Whisky gegeben und sind ihn endlich losgeworden. Wir haben ihm alles gesagt, was wir wissen, und im Augenblick läßt sich nichts tun. Du mußt schlafen, Jackie. Soll ich dir eine Tablette geben?«

Sie schüttelte den Kopf. »Mach dir keine Sorgen um mich, Daddy. Mutter schläft übrigens.«

Dr. Thurston lächelte. »Deine Mutter ist eine großartige Frau, Jackie. Gute Nacht.«

Er küßte sie und verließ das Zimmer. Jacqueline sah wieder in den Garten hinaus. Eine Schlaftablette? Dann hätte man wenigstens vergessen können. Aber es gab Dinge, die sie im Augenblick nicht zu vergessen wünschte. Bedrückende, schreckliche Dinge – aber auch andere.

Louis war tot. Sie mußte an die schlaffe Gestalt mit den herabhängenden Armen denken, ja, es war – trotz allem – entsetzlich.

Aber sie wollte auch an etwas anderes denken. Sie war jetzt frei. Sie hatte von Louis nichts mehr zu fürchten. Wie sie Louis gehaßt hatte – mit einer Leidenschaft, die ihr selbst Schrecken eingejagt hatte. Sie war froh und erleichtert.

Eigentlich durfte man ja nicht so denken. Eigentlich mußte ihr Louis leid tun. Er war immer ein Feigling gewesen, und seine letzten Augenblicke, als er die Mündung der Waffe auf sich gerichtet sah, mußten qualvoll gewesen sein. Dies konnte man wohl bedauern – aber auch nicht mehr. Larry, Mark und Tubby war sicher auch eine Last von der Seele genommen. Sie stand auf, drückte ihre Zigarette im Aschenbecher aus und begann ihr Haar vor dem Spiegel zu bürsten. Vielleicht ließen sich damit die Kopfschmerzen vertreiben. Ihr Blick wanderte über das Durcheinander auf ihrem Frisiertisch, und sie hatte plötzlich das Gefühl, daß irgend etwas fehlte – ein Gegenstand, der eine Lücke hinterließ.

Sie runzelte nachdenklich die Stirn. Alles schien dazusein. Sie legte die Bürste weg, warf noch einen Blick in den Spiegel, wobei sie feststellte, daß sie ›schrecklich‹ aussah, und trat dann an ihr Bett.

Plötzlich blieb sie stehen. Sie warf einen schnellen Blick zurück zum Frisiertisch, drehte sich um, ging darauf zu. Sie begann die Schubladen zu öffnen, warf sie ungeduldig zu, sah sich wie gehetzt im Zimmer um. Dann begegnete sie im Spiegel ihrem eigenen entsetzen Blick.

Sie wußte jetzt, was fehlte – ihr Revolver. Sie hatte ihn nach der Szene mit Louis auf den Frisiertisch gelegt. Das wußte sie genau – hier, neben die Puderdose. Aber der Revolver war verschwunden.

21

Jacqueline setzte sich auf den Bettrand, hilflos den auf sie einstürmenden Gedanken ausgeliefert. Louis durch einen Schuß aus einem Revolver getötet – und ihre Waffe war verschwunden!

Sie zweifelte nicht im mindesten daran, daß der tödliche Schuß aus ihrem Revolver abgefeuert worden war. Instinktiv wußte sie, daß es nicht anders sein konnte. Irgend jemand hatte ihren Revolver genommen und damit Louis Creet erschossen. Aber wer?

Larry? Sie zuckte unter diesem Gedanken zusammen wie unter einem Peitschenhieb. Nein, nicht Larry. Sie wollte und konnte es nicht glauben. Jeder andere, aber nicht Larry. Der Einfall war absurd, ja grotesk. Sie mußte verrückt sein, wenn sie an so etwas denken konnte. Wäre sie nicht vor Angst halb von Sinnen, dann könnte sie erkennen, wie unmöglich das war. Sie müßte begreifen, daß es Larry nicht gewesen sein konnte, daß es gegen alle Vernunft war, so etwas anzunehmen. Warum sollte Larry so etwas getan haben?

Und plötzlich wußte sie den Grund. Die Goldmine. Louis hatte versucht, Larry zu betrügen, das wußte sie von Larry selbst. Er hatte zugegeben, daß man nichts machen konnte, daß Louis gegen seinen Willen zu nichts gezwungen werden konnte. War das kein Grund? Hatte Larry nicht den besten aller Gründe, Louis aus dem Weg zu räumen? Die meisten Menschen würden so denken. Die Polizei würde es aussprechen. Ein Geschworenengericht mußte das als zwingenden Indizienbeweis ansehen.

Und das alles natürlich nur deshalb, weil niemand Larry so kannte wie sie. Er war fähig einen Menschen umzubringen – ja, aber nicht aus einem Motiv, nicht des Geldes wegen. Larry hätte einer weit stärkeren Triebfeder bedurft.

Nun, hatte er die nicht gehabt? Es gab kein Ausweichen vor dieser Tatsache, daß sie dieses Motiv selbst geliefert hatte. Sie erinnerte sich an den Ausdruck in Larrys Augen, als sie ihm alles erzählt hatte. Wäre Louis in diesem Augenblick in der Nähe gewesen, dann hätte sich Larry wohl kaum beherrschen können. ›Es gibt nur eine einzige Art, mit so einem Kerl fertig zu werden.‹ Das hatte er gesagt, und es war ihm ernst gewesen. Bei Larry wußte sie immer ganz genau, wann er es ernst meinte. Und an die Szene gestern nacht im Flur. Larry hätte ihn erwürgt, wenn sie ihn nicht zurückgehalten hätte. Und ob die anderen dem Inspektor wohl von diesem Auftritt erzählt hatten? Tubby sähe so etwas ähnlich.

Keine Feinde? Sie hatte die Unwahrheit gesagt, aber für Larry würde sie es immer wieder tun. Ja, sie hätte sogar gelogen, wenn ihr klar gewesen wäre, daß Larry den Schuß abgefeuert hätte. Aber er hatte nicht geschossen. Entgegen aller Wahrscheinlichkeit, entgegen aller Logik wußte sie, daß Larry mit der Tat nichts zu tun hatte. Also, wenn nicht Larry, wer dann? Sie zwang sich auch noch zu diesem Eingeständnis: wenn das, was sie Larry erzählt hatte, ausreichte, ihn zu einer solchen Tat zu treiben, dann galt dasselbe für ihren Vater. Und ihr Vater wußte alles. Sie hatte ihm nichts verschwiegen, und obwohl er nichts dazu sagte, war zu spüren gewesen, wie seine Hand zitterte. Aber auch ihr Vater konnte es nicht gewesen sein. Verdammte Logik! Sie zwang einen zu den absurdesten Schlußfolgerungen.

Sie legte sich ins Bett, beschloß, nicht mehr darüber nachzudenken, und schloß die Augen. Aber sofort tauchte eine neue Frage auf: was sollte sie tun? War es besser, der Polizei von dem verschwundenen Revolver zu erzählen, oder mußte sie diese Entdekkung für sich behalten? Niemand konnte voraussagen, wo man die Waffe finden würde, wenn sie den Verlust meldete. Sie war davon überzeugt, daß die Person, die den Revolver an sich genommen hatte, auch die Schuld an Creets Tod trug ... Und wenn es nun doch Larry gewesen war? Gott sei Dank hatte sie den Verlust vor dem Gespräch mit dem Inspektor noch nicht bemerkt, vielleicht hätte sie nicht schweigen können. Aber wenn sie der Polizei nichts sagte und der Revolver gefunden wurde ...

Immer wieder dieser makabre Kreislauf – Larry – ihr Vater – die Polizei verständigen – schweigen – Larry. Wenn sie nur zu denken aufhören könnte!

Das Frühstück am nächsten Morgen war zumindest für Jacqueline eine Anstrengung. Sie hatte noch lange wach gelegen und über diesen neuen Aspekt nachgedacht. Sollte sie der Polizei von dem verschwundenen Revolver erzählen? Sie hätte sich dafür entschieden, aber ihre Angst ließ es nicht zu. Sie versuchte, sie zu ignorieren, sie zu verlachen, sie als absurd und unmöglich abzuwehren, aber sie kehrte immer wieder, sie ließ sich nicht abweisen: Larry?

Sie hob den Kopf und sah von einem zum anderen. An Larrys Gesicht ließ sich wie üblich nichts ablesen. Er hatte die Lippen ein wenig zusammengekniffen, aber nichts sonst deutete auf eine innere Spannung hin. Es fiel ihr auf, daß er sehr wenig zur Unterhaltung beitrug. Er vermied es auch, Mark oder Tubby anzusehen, aber immerhin waren an diesem Morgen alle verlegen und schweigsam.

Es schien ein stillschweigendes Übereinkommen zu bestehen, daß nicht über die Ereignisse der vergangenen Nacht gesprochen wurde, daß das Gespräch in eine andere Richtung gelenkt werden mußte, wenn es sich diesem Thema zuzuwenden drohte.

Nur Jacquelines Mutter schien immer noch dieselbe zu sein. Sie war zwar entsetzt über Louis' Tod, aber sie glaubte den Täter unter den Farbigen suchen zu müssen. Im übrigen sah sie ihre Aufgabe darin, die anderen durch Munterkeit in etwas bessere Stimmung zu versetzen.

»Wißt ihr, was mir eingefallen ist?« fragte sie, ohne sich an jemand Bestimmten zu wenden. »Ihr erinnert euch doch, daß zwei Männer aus dem Gefängnis entflohen sind? Ist es nicht möglich, daß sie es getan haben?«

Jacqueline horchte auf. An diese Möglichkeit hatte sie noch gar nicht gedacht. Die aufkeimende Hoffnung wurde jedoch sofort erstickt, als Larry den Kopf schüttelte.

»Nein«, sagte er lakonisch. »Man hat sie gestern wieder eingefangen, ungefähr siebzig Kilometer von hier.«

»Oh!« sagte Mrs. Thurston offensichtlich enttäuscht. »Sehr bedauerlich! Wenn sie noch frei herumliefen, könnten sie es leicht gewesen sein.«

»Dann hatten sie ja Glück, daß man sie geschnappt hat«, meinte Dr. Thurston lachend.

Es gab ein peinliches Schweigen, bis sich Mrs. Thurston wieder dazu aufraffte, etwas zu sagen: »Daß so etwas Furchtbares passieren kann! Der arme Louis!« seufzte sie. »Und das Ganze ist so unbegreiflich. Wie konnte jemand den Wunsch haben, ihn zu töten? Ich meine –«

»Sprich doch bitte von etwas anderem, Mutter«, unterbrach Jacqueline sie.

»Aber Louis ist doch tot, und niemand weiß, wer ihn umgebracht hat«, wandte Mrs. Thurston ein. »Wenn wir vernünftig darüber sprechen, können wir den zuständigen Behörden vielleicht behilflich sein, indem wir eine plausible Theorie entwickeln. Worüber sollten wir denn sonst sprechen? Als ich heute nacht aufwachte, dachte ich doch nicht an so etwas. Ich glaubte zuerst, es handele sich um ein Gewitter. Bei dem Schuß, verstehst du. Wann fiel er eigentlich? Ich hab' nicht auf die Uhr gesehen.«

»Zehn Minuten vor zwei«, erwiderten Mark und Tubby gemeinsam. Sie sahen einander an und senkten schnell die Köpfe. Larry warf ihnen einen warnenden Blick zu. »Ja, das stimmt«, sagte er. »Es muß irgend etwas in der Luft gelegen haben, anscheinend waren wir alle wach.«

»Und John war noch nicht einmal zu Bett gegangen!« sagte Mrs. Thurston. »Du bist sehr lange aufgewesen, John.«

Dr. Thurston sah nur für einen Augenblick auf. »Ja«, sagte er. »Ich habe – gelesen. Es war zu heiß zum Schlafen.«

Jacqueline zog die Brauen zusammen. Er war also zu dem Zeitpunkt, als Louis erschossen wurde, noch aufgewesen. Und die Gestalt, die auf die Veranda hinausgeflüchtet war – konnte es möglich sein? Alle Zweifel, die sie in der vergangenen Nacht nur mühsam zurückgedrängt hatte, begannen wieder auf sie einzudringen, und sie fühlte sich plötzlich krank vor Angst. Wenn sie nur dem Inspektor von dieser Gestalt nichts erzählt hätte! Wenn sie nur wüßte, was sie tun sollte!

»Wenn es also keiner von den Farbigen war, wer hat es dann getan?« hörte sie ihre Mutter sagen.

»Das ist genau das, was wir alle wissen möchten«, erwiderte der Arzt trocken, »aber wir erreichen gar nichts, wenn wir darüber reden. Die Sache liegt in den Händen der Polizei, und wir müssen es dabei bewenden lassen. Übrigens kann es sein, daß der Inspektor dir ein paar Fragen stellen möchte. Er war freundlich genug, dich heute nacht nicht mehr zu belästigen. Ich treffe ihn nachher und erfahre dann, was er vorhat. Du brauchst keine Angst zu haben.«

Mrs. Thurston nickte. »Ich hab' mich noch nie vor einem Polizisten gefürchtet, John«, sagte sie.

»Es wird sich empfehlen, Mrs. Thurston«, meinte Larry, »ihm die Wahrheit zu sagen.« Er sah Jacqueline für einen Augenblick an. »Jackie war so klug, daß er ihr sogar gratulierte.«

Jacqueline seufzte. Klug? Sie war nicht so sehr davon überzeugt.

Als sie vom Tisch aufstanden, faßte Jacqueline einen plötzlichen Entschluß. Sie folgte ihrem Vater, der das Eßzimmer verlassen hatte, hängte sich bei ihm ein und lächelte ihn an.

»Was gibt's, Jackie?« fragte er. »Möchtest du mit mir reden?«

Sie nickte, ging ein Stück mit ihm in den Garten und blieb dann stehen.

»Ich mache mir Sorgen, Daddy«, sagte sie. »Vielleicht ist an der ganzen Sache nichts daran, aber es kann auch sehr wichtig sein. Ich muß es dir auf jeden Fall sagen.«

»Heraus damit, Jackie«, sagte Dr. Thurston. »Wir werden schon irgendwie fertig damit.«

»Es geht um – meinen Revolver, Daddy. Er ist verschwunden. Ich habe ihn auf meinem Frisiertisch liegen lassen, und als ich heute nacht in mein Zimmer kam, war er weg. Das bedeutet – du weißt genausogut wie ich, was es bedeutet. Jemand hat ihn weggenommen – er muß durch die Verandatür hereingekommen sein, als ich nicht im Zimmer war.«

»Und das macht dir Angst, Jackie, wie?«

»Selbstverständlich!« rief sie. »Du mußt doch erkennen, Daddy, was das bedeutet – was die Polizei vor allem davon halten wird. Louis ist erschossen worden, mein Revolver fehlt, und wer ihn genommen hat –«

»Muß Louis erschossen haben.«

Sie nickte. »Das springt einem doch direkt in die Augen.«

»Es wäre eine zuverlässige Schlußfolgerung«, meinte ihr Vater, »wenn jemand deinen Revolver wirklich weggenommen hätte.«

»Aber es ist doch so.«

Er lächelte. »Bist du ganz sicher?« fragte er. »Ich kenne dich doch. Du bist immer ziemlich nachlässig gewesen. Du bringst es fertig, einen geladenen Revolver mitten unter deine Toilettenartikel zu legen. Ich hätte gute Lust, mit dir zu wetten, daß dein Revolver nicht verschwunden ist.«

»Daddy, ich bin mir vollkommen sicher –«

»Daß du ihn auf dem Frisiertisch liegen lassen hast«, sagte er lachend. »Ich weiß. Ich mache mir erst Sorgen, wenn du noch einmal alles durchsucht hast.«

Sie schüttelte den Kopf. »Einen Revolver kann man nicht auf einem Frisiertisch verstecken.«

»Das behaupte ich ja auch gar nicht. Wenn du so sicher bist, daß du ihn dort liegen lassen hast, Jackie, würde ich dort nämlich überhaupt nicht suchen.« Er hängte sich bei ihr ein. »Komm mit, dann suchen wir gemeinsam«, sagte er. »Wenn er im ganzen Zimmer nicht zu finden ist, dann muß die Polizei – aber darüber können wir sprechen, wenn wir ihn nicht unter deinem Kopfkissen finden.«

Sie gingen gemeinsam in Jacquelines Schlafzimmer.

»Aber bitte systematisch suchen, Jacqueline«, sagte ihr Vater. »Ich übernehme den Teil des Zimmers mit dem Koffer und der Kommode, und du – na ja, schon gut«, sagte er lächelnd, als er ihren vorwurfsvollen Blick bemerkte. »Du hast wohl Angst, daß ich deine Sachen zerknittere. Gut, dann nimmst du diese Seite und ich die andere. Aber ganz genau alles durchsuchen. Der Revolver muß ja irgendwo hier sein.«

Dr. Thurston hob das Kopfkissen hoch und begann die Bettdecke abzuziehen. Jacqueline wandte sich der Kommode zu, aber der Revolver war nicht da. Natürlich war er nicht da. Sie hatte ihn auf ihrem Frisiertisch liegen lassen, und dort hatte ihn jemand weggenommen und Louis damit erschossen. Sie verschwendeten hier nur die Zeit.

Sie ließ sich auf die Knie nieder, öffnete ihren großen Koffer und begann darin zu kramen. Ihre Finger berührten etwas Hartes, Kaltes, packten es und zogen es hastig heraus.

»Daddy!«

Dr. Thurston, der im Kleiderschrank suchte, warf einen Blick über seine Schulter, sah den Revolver in ihrer Hand und ging lächelnd auf sie zu.

»Im Koffer?«

Sie nickte und starrte nachdenklich die Waffe an.

»Na bitte, Jackie«, sagte ihr Vater. »Damit wäre das also erledigt.«

»So?« meinte Jacqueline.

»Nun, warum nicht? Was hast du denn, Jackie?«

»Ich frage mich nur«, sagte Jackie, »wer den Revolver in meinen

Koffer gelegt hat. Ich weiß es ganz genau, daß er auf dem Frisiertisch war.«

Ihr Vater nahm den Revolver, hob ihn hoch und roch an der Mündung. »Ich weiß, was du denkst, Jackie, aber du täuschst dich. Der Revolver ist nicht benützt worden, das kannst du selbst feststellen.«

Sie stand auf. »Du hast recht, Daddy!« »Entschuldige.«

»Eines schönen Tages wirst du noch deinen Kopf verlieren«, meinte der Doktor lachend und verließ das Zimmer.

Sie sah ihm nach, als er in den Garten ging. Es hatte keinen Zweck, mit ihm darüber zu streiten. Wenn er der Meinung war, daß sie sich täuschte und den Revolver selbst in den Koffer gelegt hatte, konnte sie ihn nie vom Gegenteil überzeugen. Aber war er wirklich davon überzeugt? Konnte nicht derjenige, der mit diesem Revolver Louis Creet erschossen hatte, die Waffe gereinigt und wieder geladen haben, bevor er sie im Koffer versteckte?

Jacqueline schlug den Kofferdeckel zu und verließ nachdenklich das Zimmer. Larry saß allein auf der Veranda. Sie setzte sich neben ihn.

»Wo sind denn die anderen, Larry?«

»Mrs. Thurston sitzt im Wohnzimmer«, sagte er. »Sie denkt sich wohl ein paar Lügen für den Inspektor aus, falls er ihr mit seinen Fragen auf die Nerven fallen sollte. Mark und Tubby machen einen Spaziergang – jeder in eine andere Richtung.« Er studierte ihr Gesicht. »Gibt es eigentlich keine Mittel dagegen?«

»Wogegen?«

»Nun, mit mancher Creme kann man doch Falten beseitigen. Du solltest jedenfalls etwas dagegen tun.«

»Ich versteh' dich nicht.«

»Diese Falte zwischen den Brauen«, meinte Larry. »Sorgen?«

»Wer hat die nicht?«

»Ich. Und deine Mutter. Was ist los mit dir, Jackie?«

Sie zögerte einen Augenblick, dann sagte sie: »Larry, ich werde dich etwas fragen, und wenn ich sehr albern bin, dann wechseln wir das Thema.«

Larry nickte. »Einverstanden, Jackie.«

»Es handelt sich um letzte Nacht.«

»Hab' ich mir gedacht.«

»Was ist wirklich geschehen?«

»Louis Creet ist erschossen worden«, sagte Larry. »Ist dein Gedächtnis so miserabel?«

Sie hob die Hand. »So hab' ich es nicht gemeint.«

»Es scheint mir aber schon das wichtigste gewesen zu sein, wenn man einmal vom Inspektor absieht. Charmant, wie? Ich habe nur noch darauf gewartet, daß er dir die Hand küßt. Du bist übrigens ein Risiko eingegangen, Jackie.«

»Ein Risiko?«

»Mit dieser Lüge«, meinte Larry. »Der Inspektor scheint mir nicht gerade auf den Kopf gefallen zu sein. Aber du hast es sehr überzeugend dargelegt, daß Louis keine Feinde hatte. Ich befürchtete schon, Tubby würde dir die Hand schütteln und Tränen der Dankbarkeit vergießen. Wenn du zugegeben hättest, daß wir mit Louis der Mine wegen verfeindet waren, säßen wir wahrscheinlich schon im Gefängnis. Bei einem solchen Motiv hätte es sich die Polizei nicht leisten können, uns frei herumlaufen zu lassen. Du warst großartig, Jackie. Tubby hat wieder mal eine Schlagzeile gedichtet – aus Dankbarkeit. ›Sie rettete sein Leben durch eine Lüge.‹ Warum hast du das eigentlich getan?«

Sie zuckte die Achseln. »Ich hielt es nicht für richtig, den Inspektor auf absurde Gedanken zu bringen.«

»Genau das haben wir auch gedacht«, erklärte er. »Und wir – nun, wir haben nicht gerade gelogen, aber ein paar Tatsachen unterdrückt, die dem Kriminalbeamten sicher wichtig erschienen wären. Manchmal verbietet die Anständigkeit geradezu, die volle Wahrheit zu sagen. Wenn Tubby, Mark und ich gestern nacht wirklich ehrlich gewesen wären, dann hätte uns der Inspektor bei einem Freudentanz ertappt.«

»Larry – du bist schrecklich!«

»Da hast du's«, lachte Larry. »Ich sag' dir die Wahrheit, und sofort bist du entsetzt. Ich bin froh, daß Creet tot ist. Mark geht es genauso, auch Tubby, er ist nur zu anständig, um es zu sagen. Du bist auch froh.«

»Ich?«

»Natürlich. Aber du willst es nicht zugeben.«

»Es ist trotz allem entsetzlich, Larry.«

»Du lieber Himmel, Jackie!« rief er. »Du gehörst doch hoffentlich nicht zu den Leuten, die von den Toten nur Gutes sprechen, gleichgültig, was sie im Leben für Menschen gewesen sind? Ein schlechter Mensch wird nicht dadurch gut, daß er stirbt –«

Sie schwieg. Darauf gab es keine Antwort.

»Ich will dir etwas sagen«, fuhr Larry fort. »Wenn ich die Zeit zurückdrehen könnte, würde ich diese Tat nicht ungeschehen machen wollen. Ich würde von dieser Meinung selbst dann nicht abgehen, wenn ich Creet umgebracht hätte.«

Sie beugte sich plötzlich vor und sah ihn ernsthaft an. »Larry – genau das wollte ich dich fragen«, sagte sie. »Hast du es getan?«

Sein Mund wurde plötzlich hart.

»Larry – bitte – sei mir nicht böse«, bat sie, »ich mußte dich fragen. Ich kann diese Unsicherheit einfach nicht mehr ertragen. Du wärst doch fähig gewesen, ihn umzubringen, nicht wahr? Nach allem, was ich dir gestern erzählt habe?«

Er nickte.

»Und dann die Szene auf dem Flur. Du hättest ihn beinahe erwürgt, Larry. Ganz zu schweigen von der Goldmine.«

Er lächelte schwach. »Die Anklage steht also keineswegs auf schwachen Füßen, wie, Jackie?«

»Ich klage dich nicht an«, sagte sie ruhig. »Ich möchte nur wissen, ob du es getan hast?«

»Nicht einmal der Inspektor hat es gewagt, mich das zu fragen.«

»Du traust mir wohl nicht, Larry? Du fürchtest, ich könnte es für meine Pflicht halten, die Polizei zu verständigen? ›Verpfeifen‹ nennt man das wohl, nicht wahr?«

»Ich habe keine Ahnung«, erwiderte Larry.

Jacqueline seufzte. »Wenn du mir nicht sagen kannst, ob du Louis getötet hast, kannst du mir dann wenigstens versichern, daß du es nicht gewesen bist? Larry – bitte – wenn du wüßtest, welche Vorwürfe ich mir mache, würdest du mir helfen. Du brauchst doch nur zu sagen, daß du nichts damit zu tun hattest.«

Larry grinste. »Warum fragst du mich? Erkundige dich doch beim Inspektor, der muß es doch wissen.«

Jacqueline lehnte sich zurück und sah Larry eine Weile schweigend von der Seite an. Sie stellte sich die Frage, ob eine Veränderung in ihm vorgegangen war. Wie viele Menschen glaubte sie, daß niemand ein Verbrechen begehen konnte, ohne dadurch praktisch gezeichnet zu werden.

Aber bei Larry war nichts festzustellen. Sein Gesicht verriet nichts – außer der Tatsache, daß er nicht geneigt war, ihr irgend etwas zu beichten. Vielleicht hatte sie sich auch nur in eine fixe Idee verrannt. Ohne zu überlegen, belastete sie Larry mit der Tat, nur weil er ein Motiv hatte. Aber warum wich er ihr dann aus?

»Wen stempelst du jetzt zum Schuldigen?« fragte Larry. »Die passende Überraschung in einem Kriminalroman wäre natürlich, den Inspektor als Mörder zu entlarven, Jackie.«

»Du glaubst doch nicht, daß Mark – oder Tubby –?«

»Ich habe keinen Grund, anzunehmen, daß es einer von den beiden gewesen ist. Du bist sehr argwöhnisch, Jackie. Warum ziehst du nicht die Konsequenzen und verdächtigst auch deinen Vater?«

Jacqueline seufzte. »Das hab' ich bereits getan«, sagte sie. »Ich verschwieg Daddy nichts, und deshalb kam ich auf den Gedanken, daß er vielleicht –«

Larry schüttelte den Kopf. »Dein Vater hätte ihn nicht erschossen, sondern operiert. Aber im Ernst, Jackie, du brauchst dir deinen Kopf überhaupt nicht zu zerbrechen. Ich tu's auch nicht. Überlaß alles der Polizei und mach den anderen nicht das Leben schwer, indem du eine Unmenge Fragen stellst. Laß vor allem Tubby in Ruhe. Ich muß jetzt weg – einige geschäftliche Dinge hinsichtlich der Mine sind noch zu erledigen.« Er stand auf, ging ein paar Schritte und drehte sich noch einmal um.

»Übrigens, Jackie, wegen dieses Monty Carr brauchst du dir keine Sorgen mehr zu machen. Sobald alles geklärt ist, fülle ich zum erstenmal in meinem Leben einen Scheck über eine vierstellige Zahl aus.«

22

Jacqueline sah ihm lächelnd nach. Das war typisch Larry. Sie erinnerte sich daran, Louis einmal gesagt zu haben, daß Larry zu den Männern gehörte, die man auch als Frau um tausend Pfund bitten konnte, ohne eine Gegenleistung zu erbringen. Louis hatte ihr nicht geglaubt. Für ihn konnte kein Mann so etwas fertigbringen.

Sie würde Larry später danken, nachdem er sich jetzt so eilig davongemacht hatte, um seine Verlegenheit zu verbergen. Larry hatte schon recht: ein schlechter Mensch wurde durch den Tod nicht plötzlich gut. Und das, was er im Leben getan, starb ja nicht mit ihm. Und Larry würde nie vergessen können, was Louis getan hatte, wenn er Jacqueline ansah.

Und trotzdem hatte er ihr den Scheck für Monty Carr angeboten. Sie war nicht einmal davon überzeugt, daß sie ihn jetzt noch brauchen würde. Sie hatte, wenn auch zu spät, erkannt, daß das Ganze eine abgekartete Sache zwischen Monty Carr und Louis gewesen war. Möglicherweise würde Monty Carr überhaupt darauf verzichten, die tausend Pfund einzutreiben. Zweifellos hatte ihn Louis für seine Unterstützung gut entlohnt. Aber es war auf jeden Fall eine Erleichterung, sich wegen Monty Carr nicht mehr sorgen zu müssen.

Und wenn Larry in der Lage war, einen Scheck über tausend Pfund auszuschreiben, dann mußte er sich seines Anteils an der

Mine sicher sein, was wiederum hieß, daß er mit dem Tod von Louis Creet nichts zu tun hatte. Nicht einmal Larry würde es wagen, Zukunftspläne zu schmieden, wenn er eine Verhaftung zu befürchten hätte. Außerdem war sie davon überzeugt, daß er ihr die tausend Pfund nur angeboten hatte, weil er wußte, daß er sie ihr wirklich geben konnte. Auch das sprach für seine Unschuld. Sie hatte natürlich nie geglaubt, er könne Louis umgebracht haben. Das war die Aufregung gestern nacht gewesen. Andererseits, wenn Larry wirklich unschuldig war, warum hatte er ihr es dann nicht gesagt? Ein Wort hätte genügt. Aber er hatte geschwiegen. Das bedeutete also ... Wieder begann alles von neuem.

Als sie Tubby ziellos im Garten umherstreifen sah, lächelte sie. Aus Larry war nichts herauszuholen, wenn er nicht wollte, aber bei Tubby Storman sah es ganz anders aus. Tubby konnte ebensowenig etwas Gemeines tun wie Larry, aber trotzdem war er ein anderer Mensch. Er brachte es einfach nicht fertig, Böses zu tun oder zu denken, während sich Larry eiserne Disziplin auferlegte. Tubby war natürlich nicht so klug wie Larry. Wenn sie Tubby die gleiche Frage wie Larry gestellt hätte, wäre auch kein klares ›Ja‹ oder ›Nein‹ herausgekommen, aber er hätte sich bei seinen Ausweichversuchen so verrannt, daß jeder Zweifel ausgeschlossen gewesen wäre. Und Tubby wußte etwas. Ebenso Mark. Wenn Larry also nichts sagen wollte ...

Sie trat an die Brüstung der Veranda und winkte Tubby. Er kam langsam und widerwillig heran. Von Zeit zu Zeit blieb er stehen und starrte nachdenklich irgendeine Pflanze an, um den Weg in die Länge zu ziehen. Sie erinnerte sich, daß es ihr schon ähnlich ergangen war – auf dem Weg zum Zahnarzt. Der gute Tubby! Man konnte ihn so leicht durchschauen. Wahrscheinlich würde er versuchen, seine Unbefangenheit dadurch zu beweisen, daß er vom Wetter sprach.

Er blieb an der Veranda stehen und lächelte freundlich. »Morgen, Jackie. Schöner Vormittag, was?«

»Komm 'rauf, Tubby, und setz dich.«

Er ließ sich in einem Liegestuhl neben ihr nieder und starrte mit unschuldigem Interesse in die Ferne.

Jacqueline beobachtete ihn einen Augenblick amüsiert, dann sagte sie: »Tubby, wer hat Louis Creet erschossen?«

Er zuckte zusammen, versuchte aber, diese Reaktion sofort zu verbergen. »Jackie!« rief er. »Was für eine Frage! Warum erkundigst du dich bei mir?«

»Weil ich eben dich fragen will, Tubby.«

»Ja – natürlich.«

Sie konnte deutlich erkennen, daß er fieberhaft nachdachte. Sie beschloß, den Angriff fortzustetzen.

»Hast du es getan, Tubby?«

»Heiliger Strohsack, Jackie, ich würde doch nicht – ich meine, du hast überhaupt kein Recht, so etwas zu sagen. Ich meine, ich mochte Louis gern. Er war immer recht anständig zu mir. Hab' ich dir erzählt, was er zu Weihnachten getan hat? Er schickte Spielzeug und –«

»Ich hab' dich nicht gebeten, mir alle Gründe mitzuteilen, warum du keine Lust hattest, Louis umzubringen. Ich frage dich, ob du ihn erschossen hast. Aber du hättest wohl nicht das Herz, einen Mann zu töten, der deinen Kindern zu Weihnachten Spielzeug geschickt hat, wie?«

Tubby zwang sich zu einem Lächeln. »Das ist ja recht amüsant«, meinte er. »Sehe ich aus, als hätte ich einen Mord auf dem Gewissen?«

»Ja, Tubby, genau.«

»Was?« Jacqueline brachte es nur mit Mühe fertig, ein ernstes Gesicht zu bewahren. »Du bist nicht der einzige«, sagte sie. »Mark sieht genauso aus und Larry nicht viel besser. Du machst dir doch Sorgen, Tubby, nicht wahr?«

»Nun ja, das tun wir wohl alle«, gab er zu. »Der ganze Ärger mit Louis wegen der Mine ...« Er verstummte plötzlich. »Aber darüber wollen wir lieber nicht sprechen.«

»Ich möchte schon, Tubby.«

»Aber ich nicht«, erwiderte Tubby etwas ungeduldig. »Und ich spreche auch nicht darüber, also hat es gar keinen Zweck, mich auszuhorchen. Wenn ich zu reden anfange, rutscht mir oft nur etwas heraus, was ich gar nicht sagen wollte. Jedenfalls behauptet das Larry.«

»Und Larry hat dir befohlen, den Mund zu halten, Tubby?«

»Siehst du, jetzt fängst du schon wieder an!« brauste Tubby auf. »Nur, weil du dir einbildest, ich wüßte etwas, versuchst du mich auszuhorchen. Aber ich sage dir nichts!«

»Dann weißt du also etwas?«

»Darauf gebe ich überhaupt keine Antwort«, sagte Tubby entschlossen. »Man verrät seine Freunde nicht, Jackie, und du hast auch kein Recht, so etwas zu verlangen.«

Jacqueline lächelte. ›Man verrät seine Freunde nicht.‹ Aber welcher Freund war gemeint? Sie schwieg einige Zeit. Schließlich fragte sie: »Tubby, hat es Larry getan?«

Tubby preßte die Lippen zusammen.

»Oder Mark?«

Tubby zuckte die Achseln.

»Eher Larry«, fügte Jacqueline hinzu. »Er haßte Louis – wegen der Mine – und aus anderen Gründen.«

Tubby fuhr herum und starrte sie an. »Du lieber Himmel, Jakkie, das darfst du von Larry nicht denken – ich meine, du ziehst immer voreilige Schlußfolgerungen. Ich habe nicht behauptet, daß es Larry gewesen ist. Ich möchte nicht, daß du so etwas glaubst. Ich meine, wenn Larry so etwas getan hätte – nun, ich weiß, wie es mir gehen würde. Ich könnte Bunty nie mehr in die Augen sehen, und bei Larry ist es dasselbe. Ich wäre wirklich froh, wenn du endlich aufhören könntest, dauernd davon zu reden. Die Polizei kümmert sich schon darum.«

»Du hast recht, Tubby«, sagte Jacqueline. »Reden wir von etwas anderem. Das mit der Mine wird ja wohl jetzt klappen, wie?«

»Ich glaube schon.«

»Weiß Bunty schon, daß sie die Frau eines Millionärs ist?«

Er nickte. »Ich habe ihr sofort telegrafiert. Jetzt wird sie nur noch darauf warten, daß ich heimkomme.«

Jacqueline lächelte. »Das würde ich gern miterleben«, meinte sie. »Was wirst du tun, Tubby, wenn du sie zum erstenmal wiedersiehst? Ich glaube, ich kann es mir vorstellen. Du wirst nicht viel sagen, sondern ihr in die Augen sehen, ihr Gesicht in beide Hände nehmen und sie küssen, wie?«

Tubby lächelte träumerisch. »So ungefähr, Jackie«, sagte er.

Jacqueline nickte. »Gerade in die Augen – ohne Ausflüchte – wie, Tubby?«

Er warf ihr einen argwöhnischen Blick zu. »Moment mal, Jakkie, worauf willst du hinaus?« fragte er und stand auf. »Wenn du immer noch versuchst, mich in eine Falle zu locken . . .«

Sie schüttelte den Kopf. »Ich versuche es bestimmt nicht mehr.«

»Hm!« brummte Tubby. »Ich riskiere es lieber nicht.«

Er marschierte davon, und während des ganzen Tages war er nicht mehr zu finden. Erst nach dem Abendessen tauchte er wieder auf. Larry und Mark saßen auf der Veranda.

»Na, komm schon, Tubby!« rief Larry, als er Tubby ins Haus eilen sah. »Setz dich und trink einen Schluck. Ich hab' dich den ganzen Nachmittag gesucht. Wo hast du dich herumgetrieben?«

Tubby füllte sein Glas, leerte es und setzte sich. »Ich bin im Club gewesen«, murmelte er.

Larry lächelte. »Was, so etwas gibt es auch hier?«

»Das gleiche wie überall«, knurrte Tubby. »Eine Menge alter Klatschweiber, die über – den Mord reden.«

»Ich hab' den Geschäftsführer der hiesigen Bankniederlassung heute nachmittag getroffen«, sagte Mark, »und er kannte auch kein anderes Thema.«

»Was hat er denn gesagt?« fragte Larry.

»Nur, daß alle Leute es als sehr merkwürdig empfinden.«

Larry nickte. »Na ja, Bankangestellte sind eben schlau. Aber jetzt zum Geschäft. Nicht soviel Whisky, bitte, Mr. Storman. In unserer Firma sind Direktoren mit Schnapsnasen nicht erwünscht.«

Tubby machte ein schuldbewußtes Gesicht und stellte die Flasche wieder weg. »Entschuldige!« sagte er. »Aber irgend etwas muß man doch tun.«

»Das ist die erste offizielle Konferenz in unserer Firma«, sagte Larry, »und ich möchte nicht zu Protokoll geben müssen, daß Mr. Percy Storman blau gewesen ist. Jetzt versuch mal, wie ein Geschäftsmann auszusehen, Tubby, und hör mir zu. Ich hab' mit dem Rechtsanwalt gesprochen und alle Formalitäten für die Registrierung der Mine geregelt. Sie ist natürlich gemeinsam auf uns drei eingetragen. Ich habe die Gebühren bezahlt und dem entsprechenden Beamten etwas unter die Arme gegriffen.«

»Hast du auch für – ihn einen Anteil eintragen lassen?« fragte Tubby.

»Für Louis Creet, meinst du?«

Tubby nickte.

»Natürlich«, erwiderte Larry. »Das war ja die Abmachung. Ich habe zwar keine Ahnung, wer seine Erben sind, aber der Anteil steht ihnen zu. Übrigens, Tubby, gelegentlich wirst du schon von Louis reden müssen, aber niemand verlangt, daß du dabei wie ein trauernder Hinterbliebener aussiehst. Wenn es dein Gewissen beunruhigt, daß er gestorben ist, bevor du ihm verziehen hast, kannst du ihm ja ein kleines Denkmal errichten. – Ferner habe ich einem Ingenieur in Kapstadt telegrafiert, daß er eine Mannschaft zusammenstellen und mit dem Abbau beginnen soll. Seid ihr damit einverstanden?«

Mark nickte.

»Vollkommen«, sagte Tubby. »Du hast Großartiges geleistet, aber einen Ingenieur herzurufen – ich hab' das Gefühl, daß wir doch etwas zu früh – man sollte –« Er verstummte.

»Tubby meint wohl, daß diese Vorbereitungen von zuviel Optimismus zeugen, solange wir nicht sicher wissen, ob wir nicht alle eingesperrt werden«, meinte Mark.

»Du hast eine furchtbare Angst, gewisse Dinge in Worte zu kleiden, Mark«, erklärte Tubby. »Aber es stimmt. Bevor diese scheußliche Geschichte nicht geklärt ist, wäre es wohl klüger, abzuwarten. Wenn die Leute erfahren, daß wir die Mine registriert haben, können sie sich denken – nun, ihr wißt schon Bescheid.«

»Jedermann weiß, daß wir die Mine haben eintragen lassen«, sagte Larry. »Die ganze Stadt spricht davon. Und da Louis' Anteil berücksichtigt ist, kann man wohl kaum behaupten, wir hätten ihn umgebracht, um ihn zu betrügen. Außerdem wird man uns ja wohl nicht alle drei aufhängen, also wollte ich dafür sorgen, daß wenigstens für euch beide alles in Butter ist.«

Mark lächelte.

Larry grinste zurück. Er zog eine Landkarte aus der Tasche und breitete sie auf dem Tisch aus. »Seht euch das an«, sagte er. »Innerhalb eines Jahres läuft eine prima Straße über Chumbaziri und Pylapo nach Timalani.«

Sie beugten sich über den Tisch und verfolgten den Weg, den Larrys Bleistift vorzeichnete. Plötzlich zuckte Tubby zusammen und starrte in den Garten hinaus.

»Was ist denn?« fragte Larry.

»Larry«, flüsterte Tubby heiser, »was will der Kerl hier? Ich meine den Inspektor. Ich habe ihn eben durch den Garten gehen sehen. Ist dir nichts aufgefallen?«

»Nein. Sei nicht albern, Tubby. Du glaubst wohl, daß sich der Inspektor in den Büschen verbirgt, um uns zu belauschen.«

»Im übrigen haben wir nicht einmal ein einziges unanständiges Wort in den Mund genommen«, bemerkte Mark.

»Ja, aber was will er hier – jetzt, um diese Zeit?« drängte Tubby.

»Da möchte ich dir nur mitteilen, Tubby«, erklärte Larry, »daß letzte Nacht ein Mord passiert ist, und merkwürdigerweise interessiert sich die Polizei dafür. Dem Inspektor sind noch ein paar Fragen eingefallen, die er versehentlich nicht gestellt hat. Ich habe ihn schon den ganzen Tag erwartet.«

»Mrs. Thurston auch«, meinte Mark lächelnd. »Sie zählt darauf, vernommen zu werden. Sie hat noch nie mit einem Mord zu tun gehabt und möchte alles mitbekommen.«

»Das hat mit dem Geschäft nichts zu tun«, erinnerte Larry. »Also, hier soll die Straße verlaufen. Wir brauchen natürlich polizeiliche Bewachung, sonst trägt man uns die halbe Mine weg. Und dann müssen wir uns klarwerden, wie der Fabrikationsbetrieb organisiert werden soll. Das wird wohl einige Zeit dauern. In der Zwischenzeit werden wir das Gold auswaschen lassen.« Die beiden anderen nickten.

»Und jetzt zu uns«, fuhr Larry fort. »Ich werde so bald wie möglich wieder in den Busch zurückgehen und mindestens sechs Monate in Chumbaziri bleiben. Aber es ist nicht erforderlich, daß wir alle drei dort herumsitzen. Die Thurstons wollen mit dem nächsten Schiff nach Hause, und ich schlage vor, daß ihr beide mitfahrt.«

»Was?« fragte Tubby.

»Er meint, daß wir beide ihn hier zurücklassen und heimfahren sollen. Aber da mache ich nicht mit, Larry«, sagte Mark.

»Kommt gar nicht in Frage«, pflichtete ihm Tubby bei.

Larry machte eine ungeduldige Geste. »Was hat es für einen Sinn, hierzubleiben?« fragte er. »Ihr würdet mir hier überhaupt nichts nützen. Es ist sogar nötig, daß mindestens einer von euch in England ist. Man muß Maschinen kaufen.«

Mark lehnte sich zurück und starrte zur Decke empor.

»Ausgeschlossen«, erklärte er.

»Jawohl«, sagte Tubby. »Wir haben dich schon durchschaut.«

Larry runzelte die Stirn. »Ich weiß nicht, was ihr mir unterstellt«, meinte er. »Wenn ihr meint, daß ich die Mine verschwinden lasse –«

»Du willst uns fortschicken«, sagte Mark, »weil du der Meinung bist, daß wir nicht viel Zeit verlieren dürfen. Sei doch ehrlich, Larry. Du weißt, daß es einen Riesenstunk wegen des Mordes geben wird –«

»Und wenn du erwartest, daß Mark und ich abhauen«, unterbrach ihn Tubby, »damit du dann dich allein mit der Polizei herumschlagen kannst – heiliger Strohsack, Larry! Halt uns doch nicht für blöd!«

»Ich verstehe«, sagte Larry. »Ihr wollt mir also Ärger machen.«

Er brach ab, als Dr. Thurston die Veranda betrat.

»Tut mir leid«, sagte der Doktor, »aber ich bringe leider schlechte Nachrichten. Nun ja, es ist nicht ganz so schlimm – aber enttäuschend. Der Inspektor war eben bei mir.«

»Nun?« knurrte Larry. – »Er war überaus höflich«, erklärte Dr. Thurston, »aber solange der Mord nicht aufgeklärt ist, dürfen wir Benguella nicht verlassen. Wenn es einer von uns versuchen sollte, wird er sicher verhaftet werden.«

23

Mrs. Thurston empfand die Woche nach Louis' Tod als besonders unangenehm. Es gab kaum eine erträgliche Minute. Bei den Mahlzeiten stocherte jeder lustlos auf seinem Teller herum. Es gab keine vernünftige Unterhaltung, von Zeit zu Zeit aber häßliche Auftritte. Mehrmals war Mrs. Thurston gezwungen gewesen, sich unter dem Vorwand einer Migräne in ihr Zimmer einzuschließen.

Sie begriff überhaupt nicht, was sich abspielte, und selbst auf taktvollste Anfragen erhielt sie nur ausweichende Antworten.

Jacqueline, die doch erst vor kurzem wieder zu sich selbst gekommen zu sein schien, war deprimiert und schweigsam. Sie fühlte sich offensichtlich unglücklich, aber Mrs. Thurston konnte nichts aus ihr herausbringen. Irgendwie schien das alles mit Larry und Louis zusammenzuhängen, aber einen Sinn vermochte Mrs. Thurston in dem Ganzen nicht zu entdecken.

Selbst John benahm sich sehr merkwürdig. Im Gegensatz zu seiner sonstigen Munterkeit war er sehr verschlossen und sprach auch nicht mit ihr über seine Sorgen.

Larry, Mark und Tubby erwiesen sich als noch größeres Problem. Sie hatten kaum ein höfliches Wort für irgend jemanden übrig – geschweige denn untereinander. Dabei waren sie früher so gute Freunde gewesen. Larry hatte schon immer eine Neigung zu Temperamentsausbrüchen gehabt, aber jetzt war er noch der liebenswürdigste von allen dreien. Allerdings rauchte er zuviel. Aber Mark schien überhaupt nicht den Wunsch zu haben, mit irgend jemand zu sprechen. Er benahm sich wie ein schmollendes Kind, saß stundenlang auf der Veranda, starrte auf das Meer hinaus und trank ein Glas Whisky nach dem anderen. Und gestern, als ihn Larry daraufhin angesprochen hatte, dachte Mrs. Thurston wirklich, Mark würde aufspringen und ihn niederschlagen.

Und Tubby – nie in ihrem Leben hatte sie einen Menschen so verändert gesehen. Wenn er sich wenigstens manchmal niedersetzen würde. Er konnte sich keine fünf Minuten stillhalten – immer lief er hin und her, als sei er auf der Flucht. Und wenn er sich dann endlich hinsetzte, zerrte er nervös an seinen Fingern.

Als Jacqueline das Zimmer betrat, sah Mrs. Thurston auf und lächelte fröhlich.

»Ein herrlicher Morgen, Jackie –«

»Wo ist Vater?« fragte Jacqueline.

»Fort«, erwiderte Mrs. Thurston. »Es hat irgend etwas mit der Polizei und einem Flugzeug zu tun, aber er hatte es sehr eilig, und ich bin nicht ganz mitgekommen. Er muß vielleicht nach St. Paul de Loando oder sonstwohin. Ich hoffe allerdings, daß er nicht fliegen wird.«

»Das ist doch völlig ungefährlich, Mutter«, meinte Jacqueline lächelnd. »Was hat Vater in St. Paul zu suchen?«

»Mich darfst du nicht fragen«, seufzte ihre Mutter. »Mit mir spricht ja niemand, und ich habe es aufgegeben, mich dauernd durch Fragen lästig zu machen. Wären wir nur in England geblieben und lieber vier Wochen ans Meer gefahren. Larry und die anderen –«

»Was ist los mit Larry?«

»Was ist mit allen los? Sie sind ganz anders geworden und scheinen furchtbare Sorgen zu haben.«

Jacqueline zuckte die Achseln. »Es kann für sie auch nicht sehr angenehm sein, Mutter. Das mit Louis, meine ich. Es gibt natürlich keinerlei Beweise gegen Larry und die beiden anderen. Sie befanden sich alle in ihren Zimmern, als der Schuß fiel. Aber trotzdem muß ja jemand Louis getötet haben.«

»Man kann aber doch nicht Larry, Mark oder Tubby verdächtigen«, wandte Mrs. Thurston ein. »Jeder, der auch nur ein bißchen Verstand hat, weiß, daß keiner von den dreien so etwas Schreckliches tun konnte.«

Jacqueline lächelte. »Du weißt es, Mutter. Und – ich auch. Aber trotzdem ist es furchtbar für sie, wenn sie spüren, daß andere Leute sie verdächtigen. Man verdächtigt uns alle. Wahrscheinlich auch mich. Immerhin war ich im Zimmer – als die anderen hereinkamen –, und wenn jemand unter Verdacht steht –«

»Laß diesen Unsinn«, unterbrach ihre Mutter. »Warum solltest du Louis niederschießen? Er war immer sehr gut zu dir, und du hast ihn sicher gern gehabt. Aus welchem Grund –«

»Bitte, reden wir nicht mehr davon, Mutter«, sagte Jacqueline. »Das war keine Erholung für dich. Ein Aufenthalt am Meer wäre sicher besser gewesen.«

»Meine liebe Jackie«, sagte ihre Mutter, »es wäre gar nicht so übel, wenn sich die anderen etwas zusammennehmen würden.«

Jacqueline verließ das Zimmer und trat auf die Veranda hinaus.

Larry saß in einem Liegestuhl und machte sich Notizen. Als er ihre Schritte hörte, sah er auf.

»Na, Jackie? Wie viele Schwellen braucht man für einen Kilometer Eisenbahnlinie? Bei jeder Rechnung komme ich auf ein anderes Ergebnis.«

Sie setzte sich neben ihn. »Wie geht's mit der Mine?«

Er nickte. »Natürlich gut, Jackie. Hoffentlich bist du dir auch der Tatsache bewußt, daß du neben einem Millionär sitzt.«

»Was ist denn mit euch los, Larry?«

Larry hob die Brauen. »Was soll los sein?«

»Mit dir, Mark, Tubby, Vater – mit allen«, sagte Jacqueline. »Ihr benehmt euch, als wärt ihr euch spinnefeind.«

»Und ich dachte, ich wäre besonders charmant«, seufzte Larry. »Beim Frühstück habe ich drei Witze erzählt, Jackie. Aber nicht einmal hast du gelacht.«

»Ich kannte sie schon«, erwiderte sie. »Aber im Ernst, Larry, du hast doch nicht gestritten – mit Tubby und Mark, meine ich.«

Er schüttelte den Kopf. »Wir sind ein Herz und eine Seele, Jackie.«

Sie lehnte sich zurück und sah ihm eine Weile zu, wie er rechnete. Plötzlich richtete sie sich auf. »Larry«, sagte sie, »hat es etwas mit mir zu tun? Bitte, tu nicht so, als könntest du mich nicht verstehen. Natürlich hast du genug von mir, das begreife ich, aber ich sehe nicht ein, warum Mark und Tubby – habe ich irgend etwas damit zu tun?«

Er schüttelte den Kopf.

»Woran liegt es dann? An Louis Creet?«

»Über Louis wollen wir nicht sprechen, wenn es dir nichts ausmacht, Jackie. Du kennst doch das Sprichwort – über die Toten nichts Böses – und es ist wohl besser –«

»Du machst dir Sorgen darüber, nicht wahr, Larry?«

»Lieber Himmel, du kannst einen aber auch auf die Palme bringen«, seufzte Larry. »Ja, wenn du es unbedingt wissen mußt, natürlich mache ich mir Sorgen. Und bei Mark und Tubby ist es noch viel schlimmer. Vor allem Tubby kann sich mit dem Gedanken nicht abfinden, daß ein paar Polizisten der Meinung sein könnten, er habe Louis erschossen.«

»Aber es hat ihn doch jemand umgebracht, Larry.«

»Allerdings. Es zerrt eben an den Nerven, wenn man die ganze Zeit spürt, daß man uns verdächtigt. Ich glaube, daß Tubby jede Nacht wachliegt und sich überlegt, was er bei seiner Verhaftung sagen wird.«

Jacqueline nickte. »Es muß scheußlich sein«, gab sie zu. »Larry«, sagte sie plötzlich, »nicht wahr, du weißt, wer Louis umgebracht hat?«

Larry starrte auf das Blatt Papier. »Vielleicht war es ein guter Geist, der hier ein bißchen Ordnung schaffen wollte.«

»Mit anderen Worten, ich soll mich um meine eigenen Angelegenheiten kümmern, wie?«

Er nickte. »Und pudere dir die Nase«, fügte er hinzu. »Sie glänzt.«

Sie stand auf. »Schon gut, Larry!« sagte sie. »Ich habe neulich behauptet, du hättest dich verändert, nicht wahr? Es stimmt. Aber man kann wohl nicht erwarten, daß ein Mann zum Millionär wird, ohne sich zu verändern. Früher hast du mir immer alles erzählt.«

»Und jetzt bin ich anders, wie, Jackie?« Er schüttelte den Kopf. »Von ein paar grauen Haaren abgesehen, die mich ja nur distinguierter machen, bin ich immer noch derselbe Narr wie früher.«

»Warum sagst du mir dann nicht, was dir Sorgen macht?«

Er legte Papier und Bleistift auf den Tisch, stand auf und legte ihr die Hände auf die Schulter.

»Hör zu, Jackie«, sagte er ernst. »Im Augenblick ist alles ziemlich schwierig, und du machst es mir nicht gerade leichter. Ich würde dir sehr gern etwas sagen, aber im Moment kann ich es einfach nicht – und das ist meine Hauptsorge. Das genügt dir doch, wie?«

Sie nickte, und als Larry sich wieder in seinen Stuhl fallen ließ, kamen Mark und Tubby auf die Veranda heraus, setzten sich und starrten düster aufs Meer hinaus. Jacqueline sah ein paar Augenblicke lang verblüfft von einem zum anderen, dann lächelte sie. »Die drei mürrischen Grazien!« sagte sie und ging ins Haus.

Tubby sah mit grimmigem Gesicht auf.

»Was, zum Teufel, meint sie damit?« brummte er. »Ich sage dir, Larry, diese dauernden Anspielungen –«

Er verstummte, als Dr. Thurston im Garten auftauchte und den Weg zur Veranda entlanghastete.

»Ich habe eben mit der Polizei gesprochen«, erklärte er, als er den anderen gegenüberstand.

Tubby warf ihm einen Blick zu.

»Man hat mich telefonisch gebeten, im Büro des Inspektors vorzusprechen«, fügte Dr. Thurston hinzu. »Ich muß sofort nach St. Paul zum Gouverneur.«

»Heiliger Strohsack! Warum denn?« wollte Tubby wissen.

Dr. Thurston zuckte die Achseln. »In meiner Eigenschaft als Arzt werde ich wahrscheinlich weitere Fragen zu beantworten haben«, erwiderte er. »Die Polizei hat anscheinend schwerste Bedenken, und mir bleibt nichts anderes übrig, als hinüberzufliegen. Vermutlich werde ich aber vor Abend wieder zurück sein. Seid mir in der Zwischenzeit mit dem Whisky vorsichtig, sonst habe ich plötzlich das Haus voller Patienten.«

Als Dr. Thurston gegangen war, sprang Tubby auf.

»Was hat das zu bedeuten, Larry?«

»Daß sich wahrscheinlich ein betrunkener Pilot den Hals brechen wird«, erwiderte Larry.

»Aber wenn ihn die Polizei hinübergeschickt hat – ich meine, warum denn das?«

»Ach, halt den Mund, Tubby!« knurrte Larry. »Vielleicht muß er Stricke für uns holen. Setz dich, trink einen Schluck und reg dich ab. Du gehst mir auf die Nerven.«

Mark leerte sein Glas. »Du machst mich noch verrückt, Tubby«, erklärte er gereizt. »Es ist sowieso schon schwer genug. Und du machst es auch nicht besser, Larry, wenn du jedesmal Gift und Galle spuckst. Weißt du, was sie in der Stadt jetzt erzählen?«

»Interessiert mich nicht.«

»Aber mich«, sagte Tubby. »Ich bin für so etwas eben nicht geschaffen. Man behauptet jetzt ganz offen, daß einer von uns Louis erschossen haben muß.«

»Das stimmt ja auch, oder nicht?« meinte Larry.

»Man starrt uns an«, sagte Mark, »deutet auf uns, man weicht uns aus –«

»Und ihr seid so empfindlich, daß ihr das alles tragisch nehmt und diesen Leuten nur noch einen Vorwand mehr liefert, sich so aufzuführen«, fauchte Larry. »Laßt sie doch. Wen stört das schon? Ihr seid eben viel zu zimperlich.«

»Ich muß ganz ehrlich zugeben, daß mir scheußlich zumute ist«, sagte Tubby.

»Dann verkriech dich um Himmels willen in eine Ecke und heul dich aus.«

»Weißt du, Mord ist doch Mord, wie man es auch sonst immer ansehen mag«, erklärte Tubby. »Ich habe sehr viel über die ganze Geschichte nachgedacht –«

»Dann bleib dabei«, unterbrach ihn Mark wütend, »und quatsch nicht dauernd, Tubby. Den ganzen Vormittag faselst du jetzt herum, aber das bringt uns ebensowenig weiter wie Larrys Geknurre.«

»Es ist ja schließlich kein Wunder«, meinte Larry. »Wir wußten ganz genau, was uns erwartete. Wir kannten das Risiko und waren bereit, es auf uns zu nehmen. Jetzt, da die ganze Sache vorbei ist, fangt ihr an zu winseln, weil euch ein paar Leute auf der Straße anstarren. Wenn ihr nicht mehr Mumm in den Knochen habt, dann hättet ihr euch aus der Sache heraushalten und mir alles überlassen sollen.«

»Es handelt sich gar nicht um Mumm«, erwiderte Tubby. »Bei mir jedenfalls nicht. Bunty und die Kinder sind versorgt, mir ist gleichgültig, was mit mir jetzt passiert.«

»Für den Rest deines Lebens wirst du zusammenzucken und schuldbewußt dreinsehen, wenn dir ein Polizist begegnet«, schimpfte Larry. »Und wenn du einen Revolver siehst«, fügte Mark hinzu, »fängst du womöglich noch zu heulen an.«

Tubby seufzte schwer. »Ich weiß gar nicht, warum ihr immer an mir herumnörgelt«, beschwerte er sich. »Ich sage doch nur, daß es sich gar nicht um Mut oder Feigheit dreht. Es ist einfach das Wissen, daß es einer von uns getan hat, daß man sich nicht in die Augen sehen kann, und es wird immer so bleiben. Ich habe sehr viel darüber nachgedacht, und es ist mir klar, daß wir es nie vergessen können. Worauf ich hinaus will, ist, daß wir immer sehr enge Freunde waren und daß diese Geschichte das alles zerstören wird.«

»Du hättest Tragöde werden sollen«, entgegnete Larry.

»Ach, halt doch endlich den Mund«, fauchte Mark, »und laß ihn ausreden. Weiter, Tubby.«

»Ihr versteht mich doch, nicht wahr?« meinte Tubby. »Diese Freundschaft hat mir offen gestanden sehr viel bedeutet, und es ist bedauerlich, wenn sie auf eine solche Art in die Brüche geht.«

»Du mußt eben ein gutes Nervenstärkungsmittel nehmen, Tubby«, sagte Larry, »dann geht nichts in die Brüche.«

»Da bin ich mir nicht so sicher«, meinte Mark. »Viel fehlt da nicht mehr. Wie wird das in ein paar Monaten – in ein paar Jahren aussehen?«

Larry zuckte die Achseln. »Wenn sich Tubby nicht beherrschen kann«, sagte er, »wird einer von uns bald aufgeknüpft sein, und dann haben die beiden anderen ein reines Gewissen. Warum, zum Teufel, kannst du dich nicht hinsetzen, Tubby?«

Tubby verzog das Gesicht und ließ sich in einen Sessel fallen.

»Außerdem bleibt Mord eben Mord«, fuhr er fort, »gleichgültig, wie man die Sache betrachtet.«

»Creet hat es schließlich nicht anders verdient«, erwiderte Larry gereizt.

Tubby schüttelte den Kopf. »So hat es noch vor einer Woche ausgesehen«, sagte er, »aber jetzt bin ich anderer Meinung. Louis wollte uns schließlich nicht umbringen. Er hatte nur vor, uns zu betrügen, das ist alles.«

»Das ist nicht alles«, sagte Larry. »Aber laß nur.«

»Es ist ein Unterschied, ob man einen Menschen in Notwehr erschießt oder ob man ihn umbringt, damit er dein Geld nicht stehlen kann.«

»Jetzt ist es doch zu spät, darüber nachzudenken«, meinte Larry achselzuckend. »Wir müssen uns damit abfinden.«

»Das kann ich einfach nicht, Larry«, sagte Tubby. »Wenn ich

mir vorstelle, daß das immer so weitergehen soll, daß ich Bunty dauernd belügen muß, daß ich ständig mit der Angst zu leben habe, es könnte etwas entdeckt werden ... Zum Teufel mit dem Geld! Wär' ich nur nie nach Afrika gekommen! Am liebsten würde ich alles der Polizei erzählen.«

Larry sprang auf. »Wenn du das tust, Tubby«, sagte er grimmig, »dann drehe ich dir den Hals um. Du steckst nicht allein in dieser Sache, Mark und ich sind auch beteiligt, und du hast nun einmal mitgemacht.«

»Meinetwegen brauchst du dir keine Sorgen zu machen«, sagte Mark. »Tubby hat nicht ganz unrecht. Die ganze Sache stinkt zum Himmel. Laß ihn doch reden.«

Larry sah beide verächtlich an. »Ihr wollt also kneifen, wie?« sagte er. »Aber da habe ich auch noch ein Wörtchen mitzureden. Wir sind uns einig gewesen, und da kann man nicht so ohne weiteres einen Rückzieher machen.« Er schwieg und starrte sie beide an. »Lieber Himmel, Mark – Tubby – was ist denn los mit euch?«

»Hör mal«, sagte Tubby, »ich will dich und Mark ja nicht im Stich lassen. Aber das Ganze läßt mir eben keine Ruhe. Ich kann mir nicht helfen. Es wäre mir viel wohler, wenn ich die ganze Sache beichten und die Konsequenzen ziehen könnte. Falls ihr beide einverstanden seid, werde ich zugeben, Louis erschossen zu haben. Das berührt euch beide nicht –«

»Kommt gar nicht in Frage, Tubby«, unterbrach ihn Larry. »Wenn du Creet nicht umgebracht hast, dann weiß einer von uns beiden, daß du es nicht gewesen bist. Dem wirklichen Täter bliebe also nichts anderes übrig, als sich zu stellen. Du würdest ihn dazu zwingen. Und wenn du Creet getötet hast, ziehst du uns beide mit hinein, weil wir uns darauf geeinigt haben, dem Schuldigen beizustehen. Wir müßten also zugeben, daß wir beteiligt waren. Damit wären wir Mittäter, Tubby, also kannst du dir diese Idee ruhig aus dem Kopf schlagen.«

Sie schwiegen eine Weile.

»Paßt mal auf«, erklärte Larry schließlich. »Wenn es wirklich so schlimm ist, können wir so nicht weitermachen. Ich nehm's euch nicht übel. Wahrscheinlich habt ihr sogar recht. Wir waren alle furchtbar aufgeregt, als wir beschlossen, Louis aus dem Weg zu räumen, sonst wäre es nie so weit gekommen. Aber wenn wir schon unseren Vertrag auflösen, dann gibt es nur einen anständigen Weg.«

Mark und Tubby starrten ihn fragend an.

»Es geht natürlich nicht, daß sich einer eines Verbrechens bezichtigt, das er gar nicht begangen hat«, fuhr Larry fort, »weil dann der wirkliche Täter, wie ich schon sagte, selbst zur Polizei gehen müßte. Falls es euch also ernst ist, schlage ich folgendes vor: Derjenige, der Creet erschossen hat, soll sich der Polizei stellen, die anderen beiden sind aber nicht verpflichtet, ihm zu helfen. Sie müssen sogar versprechen, den Mund zu halten und ihn nicht zu unterstützen. Es genügt, wenn einer wegen Louis Creet in der Patsche sitzt. Was meint ihr?«

Ein paar Augenblicke lang schwiegen die beiden.

»Ja. Aber hör mal, Larry«, begann Tubby, »es ist doch nicht fair –«

»Doch«, unterbrach ihn Larry. »Außerdem bleibt nur die Wahl zwischen der ursprünglichen Verabredung und diesem Ausweg. Was meinst du, Mark?«

Mark zuckte die Achseln. »Wenn ihr beide damit einverstanden seid, soll es mir recht sein«, sagte er. »Ich möchte endlich meine Ruhe haben.«

»Tubby?«

Tubby sah ihn bedrückt an. »Zum Teufel noch mal, Larry, ich halte es einfach nicht für fair.«

»Mark und ich sind einer Meinung. Ja oder nein?«

»Also, dann meinetwegen«, seufzte Tubby. »Wie du willst.«

Larry lächelte. »Das wär's also«, sagte er, »der Schuldige wird morgen vormittag zur Polizeistation gehen und sich stellen. Einverstanden?«

Sie nickten.

24

Dr. Thurston war bis zum Abend nicht zurück – das lag aber nicht daran, daß sich der Pilot das Genick gebrochen hatte. Der portugiesische Flieger war in St. Paul während der langen Wartepause gezwungen gewesen, tüchtig aufzutanken, hatte aber vergessen, dasselbe bei seinem Flugzeug zu tun. Beim Rückflug mußte er daher auf halbem Wege notlanden.

Dr. Thurston blieb also nichts anderes übrig, als den Rest des Weges mit dem Wagen zurückzulegen, und Mrs. Thurston zog es vor, nach dem Abendessen ihr Schlafzimmer aufzusuchen.

Jacqueline, die eine halbe Stunde lang Klavier gespielt hatte, ohne daß die drei Männer zugehört hatten, ließ die Hände in den Schoß fallen und sah stirnrunzelnd von einem zum anderen.

»Das nenne ich donnernden Applaus«, meinte sie lachend. »Soll ich dir dein Lieblingslied vorsingen, Tubby?«

»Du lieber Himmel, nein – bitte nicht«, sagte Tubby. »Vielen Dank, aber davon hab' ich genug.«

Sie stand auf. »Wer möchte da Millionär sein«, seufzte sie. »Wo tut's weh, Tubby?«

»Was?«

»Ihr seid ja wirklich sehr munter«, beschwerte sich Jacqueline. »Wann können wir endlich von hier weg, Larry? Hier wird man ja noch trübsinnig.«

»Das mußt du die Polizei fragen, Jackie.«

»Und wer fährt mit nach England? Kommt ihr drei mit?«

»Jemand muß hierbleiben«, sagte Larry. »Ich glaube, daß ich auf jeden Fall hier sein werde.«

Mark und Tubby sahen ihn an, aber er wich ihrem Blick aus.

»Tatsächlich haben wir noch nicht entschieden, wer von uns bleibt«, erklärte Mark.

»Genau«, sagte Tubby. »Man muß sich auch um die Mine kümmern. Aber morgen werden wir schon Bescheid wissen.«

Sie nickte und ging zur Tür.

»Ich muß ein paar Briefe schreiben«, sagte sie und verließ dann das Zimmer.

Tubby sprang auf. »Hör mal, Larry«, fauchte er. »Du hattest kein Recht, zu sagen, daß du hierbleibst. Wir hatten uns heute morgen darauf geeinigt –«

»Fang um Himmels willen nicht wieder an«, unterbrach ihn Larry. »Und setz dich endlich hin.« Er stand auf, drückte Tubby auf einen Sessel.

»Hört mal«, sagte er. »Ich habe mir alles überlegt und möchte einen Vorschlag machen. Vor einer Woche sagte ich doch, daß ich einen triftigeren Grund hätte, Creet umzulegen, als ihr. Das stimmte, und wenn alles so gegangen wäre, wie ich gehofft hatte, wäre dieses ganze Theater nicht notwendig. Das ist der eine Punkt.«

»Ziemlich übel«, meinte Mark. »Aber nur weiter.«

»Und zweitens habe ich als erster vorgeschlagen, daß wir Creet beseitigen sollten. Ohne mich wärt ihr gar nicht auf diese Idee gekommen.«

»Ich habe von Anfang an daran gedacht«, sagte Tubby. »Hör zu, Larry, ich weiß genau, worauf du hinaus willst, aber wir waren uns doch heute morgen einig.«

Larry ignorierte ihn. »Als nächstes muß man sich überlegen, daß ich am wenigsten zu verlieren habe. Ich habe keine Angehörigen. Aber Tubby muß an Bunty denken, also ist er am wenigsten berechtigt, die Tat zu gestehen.«

Tubby schüttelte den Kopf. »Das ist Quatsch«, sagte er.

»Praktisch gilt das gleiche für Mark«, fuhr Larry fort. »Er ist zwar sehr verschwiegen, aber irgendwo gibt es da ein Mädchen. Jedenfalls hat er furchtbar viele Briefe bekommen und nicht einen davon zerrissen. Er scheidet also auch aus.«

»Und damit kommen wir also zu der Schlußfolgerung«, meinte Mark, »daß der einzige von uns, der ein Recht hat, sich des Mordes an Creet zu bezichtigen, Mr. Larry Deans ist. Soll ich ihm eins auf die Nase geben, Tubby, oder machst du's?«

»Unsinn!« meinte Tubby. »Außerdem kannst du nicht dauernd

etwas Neues erfinden. Wir haben uns heute morgen geeinigt, und dabei bleibt es.«

»Außerdem könnte ich durchaus nachweisen«, fügte Mark hinzu, »daß das erwähnte Mädchen besser dran ist, wenn ich mich stelle, denn sonst müßte sie mich ihr ganzes Leben lang in diesem Zustand ertragen.«

»Ich habe es ernst gemeint, Mark.«

Mark grinste. »Entschuldige die Bemerkung«, sagte er, »aber Tubby und ich sind der Meinung, daß du Blödsinn redest.«

»Auf jeden Fall bin ich nicht einverstanden«, verkündete Tubby. »Du kannst reden, was du willst, Larry, ich mache nicht mit.«

»Dein Antrag ist mit einer Mehrheit von zwei zu eins abgelehnt, Larry«, erklärte Mark.

»Na gut!« sagte Larry. »Dann losen wir eben wieder einmal.«

»Das kommt überhaupt nicht in Frage!« brauste Tubby auf. »Ich habe genug davon!«

»Ich bin auch gegen Lotterien«, meinte Mark.

»Dann machen wir wenigstens irgend etwas«, rief Larry gereizt. »Dieses dauernde Herumsitzen und Vorsichhinstarren macht einen ja völlig verrückt. Kannst du nicht etwas vortragen, Tubby?«

»Nein, lieber nicht, sonst gibt es noch einen Mord.«

»Das ist das erste Mal, daß ich nicht weiß, wie ich die Zeit totschlagen soll«, seufzte Tubby. »Man muß einfach zusehen, wie die Minuten vergehen.«

»Wir könnten ja pokern«, meinte Mark.

Larry schüttelte den Kopf. »Nicht mit Tubby«, sagte er. »Das kommt mir immer vor, als würde man einem kleinen Kind das Geld aus der Tasche stehlen. Du brauchst nur sein Gesicht anzusehen, dann weißt du, welche Karten er hat. Aber spielen wir doch etwas anderes – Sechsundsechzig zum Beispiel. Los, Tubby! Wir sind ja jetzt reich, und zum erstenmal in unserem Leben können wir um Pfunde spielen. Ich habe Karten in meinem Zimmer – das grüne Spiel, dem Louis seinen Tod verdankt. Ich habe sie gestern in meiner Jackentasche gefunden.«

Er verließ das Zimmer, und als er wenige Augenblicke später zurückkam, saßen Mark und Tubby schon am Kartentisch. Larry setzte sich zu ihnen und begann zu mischen.

»Also – Sechsundsechzig?«

Sie nickten.

Er legte das Spiel auf den Tisch. »Heb ab, Tubby.«

Tubby rührte sich nicht, er starrte die Karten an und lächelte. »Was hast du denn, Tubby«, fragte Mark.

»Ich denke nach«, erwiderte Tubby. »Mir ist gerade eingefallen, daß der Doktor doch recht gehabt hat. Mit der Farbe. Er sagte, Grün sei eine Unglücksfarbe.«

»Heb ab, Tubby«, sagte Larry.

Larry teilte aus, und gerade, als sie die Karten in die Hände nahmen, öffnete sich die Tür, und Dr. Thurston betrat das Zimmer.

»Gott sei Dank, daß es hier wenigstens noch Autos gibt!« sagte er. »Wenn ich hier zu bestimmen hätte, wäre der Pilot seinen Flugschein los.«

»So besoffen war er?« meinte Larry lachend.

Er hatte die Hände in den Taschen und sah die drei Männer an. »Was spielt ihr denn?« fragte er.

»Sechsundsechzig«, sagte Larry. »Wollen Sie mittun?«

Dr. Thurston schüttelte den Kopf. »Ich muß etwas essen«, sagte er. »Ich bin halb verhungert. Ein bißchen später spiele ich mit.«

Er ging zur Tür, kehrte aber dann noch einmal um. »Inzwischen werdet ihr – das hier brauchen.«

Er nahm die Hand aus der Tasche und warf eine grüne Spielkarte auf den Tisch. »Sie ist ja ein bißchen zerknüllt«, meinte er. »Ich trage sie schon seit einer Woche in meiner Tasche herum.«

Die drei Männer starrten ihn an. Larry nahm die Karte und drehte sie um. Es war das Pik-As!

Ein paar Sekunden lang saßen sie reglos am Tisch, ohne den Blick von der Karte lösen zu können. Plötzlich sprang Tubby auf.

»Doktor«, rief er aufgeregt, »Sie wollen doch nicht sagen – daß Sie die ganze Zeit ... zum Teufel, Larry, du begreifst doch, was das heißt, nicht wahr? Wenn der Doktor diese Karte mit sich herumgetragen hat –«

»Nur mit der Ruhe, Tubby!« meinte Dr. Thurston lachend. »Das Dumme bei euch ist, daß ihr nicht an eine Veranda gewöhnt seid. Vielleicht habt ihr auch im Urwald die Gewohnheit entwickelt, euch gegenseitig anzubrüllen. Auf jeden Fall seid ihr an jenem Vormittag ziemlich laut gewesen. Ich habe gehört, wie ihr entscheiden wolltet, wer – die Zigaretten kaufen soll. Das hat mich natürlich nicht besonders überrascht, und ich nahm es euch auch nicht übel, aber dieses Risiko konnte ich euch doch nicht eingehen lassen.« Er schwieg einen Augenblick und lächelte. »Da zeigt sich wieder, daß alles seine gute Seite hat. Es war vielleicht nicht sehr anständig von mir, zwei komplette Spiele Karten vom Schiff mitzunehmen, aber wenn ich das nicht getan hätte – wäre weiß Gott was passiert.«

»Aber hören Sie mal, Doktor –« begann Tubby.

Dr. Thurston hob die Hand. »Einen Augenblick, bitte, Tubby. Lassen Sie mich ausreden. Da ich also zwei Spiele hatte, konnte ich das Pik-As aus dem Spiel, das ich euch gab, entfernen, und durch die Karo-Zwei aus dem anderen Spiel ersetzen. Ich legte die beiden gleichen Karten zusammen, damit sie nicht in dieselbe Hand fallen konnten.«

»Das heißt also, Doktor«, schrie Tubby, »daß Larry – Mark – daß keiner von uns –«

Dr. Thurston nickte. »Keiner von euch, Gott sei Dank!« sagte er. »Louis Creet starb auf andere Weise.«

Tubby ließ sich in seinen Stuhl fallen und bedeckte sein Gesicht mit den Händen. Der Arzt klopfte ihm auf die Schulter.

»Ich hätte mich wohl nicht einmischen sollen, Tubby?« sagte er. »Aber ihr müßt mir verzeihen. Ich konnte nicht zulassen, daß sich einer von euch Creets wegen ins Unglück stürzte. Und jetzt –« er wandte sich zum Gehen – »werde ich mir etwas zu essen machen.«

»Einen Augenblick, Doktor«, sagte Larry. »Jemand hat Louis erschossen. Wer ist es gewesen?«

Dr. Thurstons Gesicht wurde ernst. »Creet hat sich selbst erschossen«, sagte er.

Larry sah ihn an. »Und Sie sind der Meinung, daß die Polizei das glauben wird?«

»Sie glaubt es«, erwiderte Dr. Thurston. »Ich habe sogar mit dem Justizminister gesprochen. Außerdem war ein englischer Arzt da – der einzige, der etwas davon versteht. Die Sache ist erledigt. Man akzeptiert Creets Tod als Selbstmord. Ihr habt nichts mehr zu befürchten, und wenn ihr mit dem nächsten Schiff nach England fahren wollt, wird euch niemand aufhalten.«

Larry nickte. »Sehr schlau, Doktor«, sagte er. »Aber Sie müssen vergessen haben, zwei wichtige Punkte zu erwähnen – daß Jacqueline jemanden auf die Veranda verschwinden sah, als sie das Zimmer betrat, und daß keine Waffe gefunden wurde. Wenn sich Louis selbst erschossen hat, wo ist dann der Revolver?«

Dr. Thurston lächelte. »Ich habe auch das erwähnt, Larry«, sagte er. »Der Mann, den Jackie auf die Veranda hinauslaufen sah, war ich. Die Waffe konnte nicht gefunden werden, weil ich sie schon weggenommen hatte.«

Er sah, daß Larry überrascht zusammenzuckte.

»Ich war noch nicht zu Bett gegangen«, fuhr Dr. Thurston fort, »als der Schuß fiel, und innerhalb von wenigen Sekunden war ich im Zimmer. Als erstes fiel mir auf, daß der Revolver in Louis' Hand Jackie gehörte. Ich konnte mir nicht vorstellen, wie er dazu gekommen war, aber später entdeckte ich, daß ihn Jackie auf ihrem Frisiertisch hatte liegen lassen. Louis, der auf der Veranda an Jackies Zimmer vorbeigekommen war, hatte ihn gesehen und mitgenommen.«

Larry nickte.

»Und da ich nicht wollte, daß Jackie in die Sache verwickelt wurde«, fügte der Doktor hinzu, »nahm ich den Revolver, steckte ihn in die Tasche und entwischte über die Veranda, als jemand das Zimmer betrat. Es war natürlich Jackie. Sie kam später zu mir und erzählte, daß ihr Revolver verschwunden sei, aber ich half ihr beim Suchen, und sie fand ihn in ihrem Koffer. Ich hatte ihn nämlich gesäubert, geladen und dort hineingelegt, nachdem sie in aller Frühe das Zimmer verlassen hatte. Aber ich wollte es ihr nicht sagen. Ich hatte von Anfang an gehofft, daß die Polizei Creets Tod als Selbstmord bezeichnen würde. Ich wollte nicht, daß Jackie etwas mit der Sache zu tun hatte.«

»Das wär's, Larry«, sagte Mark. »Es war also wirklich Selbstmord? Ich verstehe nur nicht, wie Creet so etwas tun konnte.«

»Darauf kann ich eine Antwort geben«, sagte Dr. Thurston. »Louis wollte sich schon seit Monaten untersuchen lassen, und am Morgen nach der Auseinandersetzung mit Larry brachte er es tatsächlich fertig, meine Dienste in Anspruch zu nehmen. Er hatte immer eine geheime Angst gehabt, er könne ernstlich krank sein, und nach der Untersuchung blieb mir nichts anderes übrig, als ihm die Wahrheit zu sagen. Er litt an Krebs.«

»Armer Teufel!« murmelte Tubby.

»Ich sagte ihm offen, daß er höchstens noch ein paar Monate zu leben habe. Eine Operation biete wenig Aussichten und werde erhebliche Schmerzen verursachen. Er nahm es ziemlich schwer – eine so heftige Reaktion hatte ich nicht erwartet –, leerte in etwa zwanzig Minuten eine Flasche Whisky und benahm sich wie ein Wahnsinniger. Ich konnte ihn nur mit Mühe beruhigen. Das ist also die Antwort, Mark. Creet war nicht der erste Schwerkranke, der eine Kugel vorzog. Immerhin, jetzt ist es vorbei, wir müssen versuchen, es zu vergessen. Was habt ihr jetzt vor?«

Tubby sprang auf. »Mensch, Doktor, das ist wunderbar«, rief er. »Ich meine, nachdem wir dachten, einer von uns – nun, Sie wissen schon, was ich meine, nicht wahr?«

»Ich will keine Rede halten – nur, vielen Dank, Doktor«, sagte Mark.

»Und ich werde Ihnen sagen, was ich tun will«, fügte Tubby aufgeregt hinzu. »Morgen geht ein Schiff, und ich fahre mit.«

Er hastete zur Tür, und Mark folgte ihm.

»Du fährst auch gleich mit, Mark?« fragte Larry. »Du hast völlig recht. Ich bleibe sowieso hier und kann weitermachen, bis ihr zurückkommt.«

»Vielleicht fahre ich mit«, meinte Mark. »Aber jetzt muß ich unbedingt jemandem mitteilen, daß ich ein Millionär bin.« Er lächelte. »Du weißt schon, das bewußte Mädchen«, sagte er.

Als sich die Tür hinter den beiden schloß, stand Larry auf und sah den Arzt an. »Sie sind ein schlechter Lügner«, sagte er.

Dr. Thurston hob die Brauen. »Ich verstehe nicht ganz, Larry.«

»So schlecht ging es Louis doch gar nicht. Warum haben Sie ihm gesagt, daß er sterben muß? Jackies wegen?«

Dr. Thurstons Gesicht wurde ernst. »Ich habe gleich befürchtet, daß ich es vor Ihnen nicht verbergen kann, Larry. Aber Sie verstehen mich. Es war die einfachste Lösung. Ich glaubte, Creet gut genug zu kennen. Ich habe damit gerechnet, daß er das tut. Wenn nicht ...« Er zögerte. »Ja, es hätte keinen anderen Ausweg gegeben. Ich hätte ihn selbst erschossen.«

Larry nickte, drehte sich um und ging zur Tür.

»Larry!« Dr. Thurston spielte geistesabwesend mit den Karten. »Es ist Ihnen doch klar, daß Jackie nichts dafür konnte?«

Larry lächelte. »Machen Sie sich keine Sorgen«, sagte er. »Ich wollte gerade zu ihr gehen.«

Er fand sie im Garten und hängte sich bei ihr ein. »Dein Vater ist wieder da«, sagte er. »Die Polizei ist davon überzeugt, daß sich Louis selbst erschossen hat, wir brauchen also nicht mehr hierzubleiben. Mark und Tubby fahren morgen, und du kannst mit deinen Eltern gleich zurückfahren. Ich bleibe noch eine Weile hier.«

»Allein, Larry?«

»Das hängt von dir ab, Jackie. Ich konnte nicht früher reden, solange ich nicht wußte, was mit Louis und der Mine wird, aber jetzt ist alles klar. Ich möchte, daß du hierbleibst und mich heiratest.«

Sie trat einen Schritt zurück und sah ihn ernst an.

»Warum, Larry?«

»Weil ich dich liebe. Ist das so schwer zu verstehen?«

»Und – Mitleid hat gar nichts damit zu tun?«

Er schüttelte den Kopf.

»Trotz allem – was geschehen ist?«

»Lieber Himmel, was du wieder zusammenredest«, sagte Larry. »Wenn man eine Frau liebt, dann nicht trotz allem, sondern wegen allem. Aber wir brauchen uns doch nicht zu streiten, oder?«

Sie schüttelte lächelnd den Kopf. »Gewiß nicht Larry.«

Dr. Thurston stand am Fenster seines Schlafzimmers.

»Bist du wach, meine Liebe?«

Mrs. Thurston versicherte ihm, daß sie hellwach sei.

»Ich habe dir eben erklärt«, sagte ihr Mann, »daß alles in Ordnung ist. Morgen können wir aufs Schiff. Mark und Tubby wollen nach Hause, und da können wir alle vier gemeinsam fahren.«

»Vier, John?«

»Du, Mark, Tubby und ich. Larry bleibt noch eine Weile hier.«

»Aber da ist doch noch Jackie.«

Dr. Thurston lächelte und sah aus dem Fenster. »Ich glaube nicht, daß Jackie mitfährt. Sie steht draußen im Garten – mit Larry.«

Mrs. Thurston richtete sich auf. »Meinst du wirklich . . .?«

»Er küßt sie jedenfalls.« Dr. Thurston sah seine Frau an. »Ich glaube, da brauchen wir uns keine Sorgen mehr zu machen. Vielleicht läßt sich Jackies Passage auf Mark oder Tubby umbuchen.«

»Da könnten wir uns allerhand sparen. Aber bist du ganz sicher?«

Dr. Thurston deutete auf den Garten hinaus. »Du kannst dir ja dein Urteil selbst bilden«, meinte er lachend.

Mrs. Thurston seufzte erleichtert und legte sich zurück.

»Er ist ein lieber Junge«, murmelte sie schläfrig. »Hoffentlich schnauzt er den Pfarrer nicht an.«

ENDE